KB147457

이 책을

에게 드립니다.

지은이_ 메러디스 개스턴

국제적으로 인정받는 일러스트레이터이자 베스트셀러 작가이다. 전 세계 유명 갤러리에
서 작품을 전시하기도 하고 브랜드와 협력하여 자신만의 개성 있는 스타일을 기업 등에 제
공하고 있다. 시드니 대학교에서 '미술사 및 이론'과 '젠더 및 문화 연구'를 전공했다. 통합
영양 건강 코치로서도 교육 활동을 하고 있으며 일상생활의 웰빙과 창의성에 관한 미디어
에 출현하기도 한다.

옮긴이_ 최정임

계명대학교 문헌정보학과를 졸업하고 싱가포르 에어라인에서 동시통역 승무원으로 오랫
동안 재직했으며 영어 강사로 활동하기도 했다. 현재는 경제경영 및 자기계발 분야의 전
문 번역가로 활동 중이다. 옮긴 책으로 《세계는 평평하다》, 《크레이지 보스》 등이 있다.

자신을 돌보고 서로를 배려하며
세상을 사랑하는 힐링의 기술

친절의 기술

메러디스 개스턴 지음 최정임 옮김

차례

1장 친절과 자기애

들어가는 글

일상에서 친절의 기술을 활용하고 깊이 이해하기에 지금보다 더 알맞을 때는 없다. 우리가 살아가는 이 바쁘고 혼잡스럽고 참을성 부족한 세상에서, 오만과 단절로 숨 막히는 삶 속에서 친절은 한 줄기 신선한 바람으로 남아 있다. 친절은 삶을 지탱하는 닻이다. 위안과 기쁨을 전파하는 그리 복잡하지 않은 힐링의 원천이다.

나에게 친절이란 숭고한 사랑의 실행이다. 숭고한 사랑은 대가를 요구하지 않으며 열려 있어 모든 것을 포용한다. 서로를 비판하지 않고 존중한다. 그런 사랑은 자신은 물론 타인을 있는 그대로 받아들이고 사랑하며 지지한다. 그런데 우리는 너무 자주 불친절하지는 않은지 생각해 보아야 한다.

친절은 어디에서나 통한다. 친절은 행하는 사람의 의도와 생각, 말과 행동 그리고 몸짓을 통해 공유되고 느껴지는 것이기에 그렇다. 실제로 우리는 손짓이나 말, 눈짓만으로도 친절할 수 있다. 성의를 다한 칭찬, 진실한 미소, 도움의 손길, 위로의 표현 혹은 자발적인 나눔의 행위들이 그렇지 않은가. 친절을 나누는 데 비용은 들지 않는다. 그러나 그것으로 인해 나와 타인이 느끼는 풍요로움은 이루 헤아릴 수조차 없다. 더 나아가 도전이나 다툼, 혹은 고난에 직면했을 때 그것이 어떤 부류이든 친절만큼 적대감을 완화하고 치유의 효과를 보여주는 것은 없다.

친절은 변화한다. 그리고 그 효과는 절대 적지 않다. 비록 사소할지라도 친절한 행동에는 누군가의 하루를 바꿔놓을 만한 힘이 있다. 경우에 따라서 누군가의 인생을 바꾸어 놓을 수도 있다. 친절은 눈으로 보거나 머리로 인지하는 것일 뿐만 아니라 마음으로 느끼는 것이기에 하는 말이다.

시인이자 작가인 마야 안젤루(Maya Angelou)는 "사람들은 당신이 한 말과 행동은 정확히 기억하지 못할 가능성이 높지만 당신으로부터 어떤 느낌을 받았는지는 절대 잊지 않는다."라고 말한 바 있다. 테레사 수녀는 가능하다면 언제나 친절을 베풀어야 한다고 말했고, 그와 동시에 그것은 '항상' 가능한 일임을 상기시켜 주었다.

삶의 모든 순간에 친절할 수 있고, 스스로의 삶은 물론 타인의 삶에 긍정적 영향력을 끼치는 힘이 바로 우리 자신에게 있다는 것은 얼마나 엄청난 일인가! 실제로 모든 생각, 모든 행동, 모든 사람, 모든 순간, 모든 느낌, 모든 신념은 친절로 인해 변화될 수 있다. 우리는 너무나 자주 타인과 자신에게 평화와 기쁨을 가져다주는 스스로의 능력을 과소평가하고 있다. 우리가 얼마나 부드럽게 세상을 바꿀 수 있는지 잊고 산다는 말이다.

친절을 실천하면서 경험하는 자존감은 우리 삶에 지속적으로 열정을 불어넣고 만족감을 준다. 친절은 새롭고 긍정적인 에너지를 창출하고 그것을 널리 퍼뜨리기 때문이다. 불친절한 생각과 행동은 우리를 피폐하게 한다. 그것은 필연적으로 부정적인 생각과 행동, 좌절, 탈진으로 이어질 것이기에 그렇다. 친절한 생각과 행동은 모든 것의 유의미한 연결을 도모하며 우리의 몸과 마음과 정신을 강하게 만든다. 친절의 생물학은 이런 것이다. 친절을 베풀 때 자연스럽게 기분 좋은 화학 물질이 우리 몸 전체에 분비된다. 다시 말해, 친절은 우리 몸 세포 하나하나에 이로운 것이며 일상 속에서 각자의 행복한 삶을 지탱해 주고 확장한다. 주고받는 친절은 우리에게 풍요로움과 활력, 행복감을 준다. 그렇기에 우리에게 꿈을 품고 살아갈 수 있도록 할 뿐만 아니라 타인에게도 기운을 북돋워 줄 수 있다.

이 책이 당신의 삶 속에서 친절을 배양하는 데 도움이 되길 바란다. 이를 위해 친절과 자기애(Kindness and Self-care), 친절의 연결성(Connective Kindness), 그리고 지구를 향한 친절(Kindness Towards Our Earth)로 이 책을 구성했다.

친절과 자기애

친절은 각자의 내면에서부터 시작된다. 자신에게 친절할 때 우리는 자아를 실현하고 자기를 존중하며 자양분을 공급 받는다. 어쩌면 우리는 자신의 단점을 질책하고 비판하며 끊임없이 자신을 넘겨짚는 데 익숙해져 있는지 모른다. 급기야 자신이 원하는 것은 맨 나중으로 미루고 정작 휴식과 힐링, 만족을 위해 반드시 필요한 시간이나 공간, 인내는 허용하지 않기도 한다. 자신에 대한 비판을 제2의 천성으로 여기며 자신을 칭찬하고 위로하는 일에 힘겨워하는 우리는 스스로에 대해 가장 가혹한 비평가일지도 모른다.

비어 있는 컵은 흘러넘칠 일도 없지 않은가? 이 장에는 우리가 자신을 얼마나 인내심 있게 돌보고 사랑하는지 찬찬히 들여다볼 것이다. 그리고 친절이 어떻게 우리가 사는 세상과 경험을 긍정적으로 변화시키며 우리 삶에 기운을 북돋우는지도 살펴볼 것이다. 그리 복잡한 것도 아니다. 인내와 무조건적인 친절로 자신을 보살필 때 우리 삶은 더없이 풍성해 진다.

친절의 눈으로 자신을 바라보면 세상이 달라진다. 우리 모두 그 방법을 배워야 한다. 스스로에 대한 친절로 각자 군건한 내면의 토대를 구축할 수 있고, 그로 인한 사랑과 평안 그리고 기쁨으로 강한 자아를 형성해 나갈 수 있다.

단언컨대, 자기 자신을 향한 친절은 인생에서 성취할 수 있는 가장 고귀한 성공이다. 일상 속에서 실천하는 즐거운 친절의 기술을 통해 우리는 마침내 진실하고 사랑이 가득한, 역량 있는 존재로서의 자기 자신을 경험하게 될 것이다.

2장

친절의 연결성

자신에게 친절하면 타인에게도 더욱 친절해질 수밖에 없다. 타인을 향한 친절한 생각과 말 그리고 행동은 우리가 살아가는 세상을 더욱 살맛 나게 하며 서로의 관계를 향상하고 우리의 삶을 풍요롭게 만든다.

진정한 친절은 대가를 요구하지 않는다. 그 자체로 온전하며 완전하다. 의도를 가진 친절은 고결한 사랑이라기보다 일종의 거래에 가깝다. 사람과 사람 사이의 진정한 친절은 서로를 존중하는 것이며 서로의 행복과 건강, 성취를 바라는 순수한 욕망이 실현되는 과정이다.

이 장에서는 사람과 사람의 관계에서 더욱 친절할 수 있도록 영감을 줄 것이다. 그리고 일상에서 경험하는 친절의 힘과 서로 연결되어 신비롭게 인생을 바꾸는 친절의 능력을 경험하게 될 것이다.

3장
지구를 향한 친절

우리가 딛고 살아가는 이 땅은 그 어느 때보다 우리의 친절이 필요한 장엄한 존재이다. 그동안 가해 온 엄청난 피해가 불편한 진실로 가시화되고 있는 지금, 우리에게 친절을 요구하는 강력한 대지의 메시지가 들려오기 시작한다.

지구와 그 안에서 살아가는 모든 생명에게 친절해야 한다는 사실을 우리는 명심해야 한다. 또한 자연의 신비와 장엄함을 인정해야 하며 우리가 자연으로부터 분리되어 있거나 자연보다 우월한 존재가 아님을 기억해야 한다.

여기서는 우리 자신을 향한 친절, 삶의 경험과 자존감을 뛰어넘어 우리가 알고 있는 시공간 너머로 친절을 확장하는 방법을 탐구할 것이다. 이것은 당장 우리가 시원한 그늘을 즐길 수 없을지라도 오늘 한 그루의 나무를 심어야 하는 이유이며, 그것이 곧 현재와 다가올 미래, 그리고 우리의 후손들을 위해 우리가 이 땅에 해줄 수 있는 자양분이라는 사실을 곱씹어 볼 것이다.

현실의 모든 것이 서로 연결되어 있다면(물론 나는 그렇게 믿고 있다.) 한 사람에 대한 친절은 모두에 대한 친절이라고 봐도 무방하지 않겠는가. 더 많은 친절이 돌고 돈다면 우리가 사는 이 세상은 더 온화하고 개방적일 것이다. 우선순위가 인간 존재의 가치에 부합하도록 새롭게 배열되어, 우리는 성장하고 마침내 평화를 얻게 될 것이다. 개인이든 공동체든 우리가 맞닥뜨린 질문이나 중압감이 복잡하고 무겁다 해도 그 해답은 언제나 단순하다.

불친절과 대면할 때조차도 우리는 친절해야 한다. 친절의 가치를 깨닫기까지 꽤 긴 시간이 소요될 수도 있고 관점이 변화하는 데에도 상당한 시간이 필요하지만 그럼에도 우리는 매번 친절해야 한다. 불친절은 대개 상처에서 온다. 상처가 쌓이면 두려움과 고통을 경험하게 되고 나아가 대상과의 단절을 선택한다. 우리는 누구나 동질감을 느끼고 싶어 하는데, 그것은 상대와 내가 연결되어 있다는 생각, 사랑에 대한 욕구에서부터 비롯된 것이다. 그렇기에 소속감과 스스로 가치 있는 존재임을 느끼는 것은 누구에게나 중요하다. 다른 누군가가 나를 보고 있으며 내 목소리를 들을 수 있고 스스로 안전하다고 느끼며 이해 받을 필요가 있다.

우리의 내면으로부터 친절이 시작되고
그로 인해 세상이 변화하기를…….

메러디스로부터
♡ X

이 책을 즐기는 방법

이 책을 읽으면 읽을수록 더 깊이 친절 속으로 빠져들 것이다. 여기에는 휴식을 위한 공간, 놀이를 위한 공간, 성찰과 행동을 위한 공간이 있다. 그 안에서 당신의 말과 기억, 당신의 희망과 꿈 모든 것은 환영 받을 것이다.

이 책은 친절과 자기애, 친절의 연결성, 지구를 향한 친절, 이렇게 세 부분으로 구성되어 있다. 이 순서대로 읽어도 좋고, 기분이나 관심에 따라 골라서 읽어도 좋다. 책에서 소개하는 실천 사항을 한 번 이상 시도해 보고 그 과정에서 자신의 반응이 변화하는 흔적을 쫓아가 보기를 권한다.

나는 명상과 긍정적 다짐을 실천하는 매우 효과적인 나름의 방법을 찾았다. 행동의 단계를 큰소리로 읽으면서 내 목소리를 녹음한 후 그것을 다시 들으며 전반적인 과정의 길잡이로 활용하는 것이다. 자기 자신의 목소리를 들을 때 깊은 신뢰감이 형성되는 법이다. 자신만의 공간에서 자신만의 속도에 맞추어 명상할 수 있는 강력하고도 간단한 방법이다.

이 책은 당신의 책이며 이 시간은 당신의 시간이다. 부디 즐겁고 보람 있는 경험이 되길 바란다.

1장

친절과 자기애

나에게 베푸는 친절

나를 향한 친절은 꼭 배워야 터득하는 것은 아니다. 우리는 이미 매너 혹은 에티켓에 익숙하지 않은가? 두 가지 모두 친절의 종류들이다. 어쩌면 우리는 가정이나 공동체 내에서 친절의 실천 사례를 경험했을 수도 있다. 그럼에도 건강한 삶을 유지하고 자신의 가치를 높이는 데 있어 친절의 역할을 이해하는 것은 감성 지능의 본질적 측면일 뿐만 아니라 우리의 시간과 관심, 주의를 기울여도 좋을 만큼 충분히 가치 있는 일이다.

자신에게 친절할 때 우리는 스스로 사랑받을 만한 존재라고 생각한다. 충만함, 평화와 같은 감정을 당연하게 받아들이고 일상에서도 그러한 감정을 드러낸다. 자신에 대한 친절한 생각은 자존감과 자신감을 길러준다. 다정함과 사랑 그리고 주변의 관심은 삶의 여정에서 직면할 수 있는 불안과 두려움을 없애주며 인생의 희로애락을 통해 자기 자신을 달래고 위로하는 법을 배운다.

친절은 자기 자신은 물론 자신과 타인의 삶 속에서 긍정적인 면을 주어 쉽게 행복의 감정을 느끼게 한다. 자신과 타인에게 친절을 베푸는 것은 소속감, 위안, 만족감 등과 같은 내면적 감정을 강화하는 일이다. 자신의 내면에서 편안함과 소속감이 생기는 순간, 그 기쁨은 자연스럽게 자신을 둘러싼 주변 세상으로 울려 퍼질 것이다.

살아오면서 우리는 우리도 모르게 스스로에게 불친절했는지도 모른다. 자신의 일부분이 마음에 들지 않을 수도 있다. 그러나 그보다 어쩌면 타인의 시선을 통해 자신을 바라보는 것이 우리를 그렇게 만들었을지도 모른다. 타인의 시선 때문에 자신이 얼마나 특별하고 가치 있는 존재인지 잊어버리고 자신과 자신의 삶에 감사하지 못했다. 그러나 지금부터라도 스스로에게 애정 어린 친절을 베푼다면 상처와 상실을 치유할 수 있을 것이다. 실제로 일상에서 조금씩, 매일 나에게 습관처럼 베푸는 소소한 친절은 삶을 더 나은 방향으로 이끈다. 우리가 찾고 있는 그 무엇을 찾을 수도 있고, 우

리가 바라는 방식으로 자기를 사랑하는 법을 확실하게 배울 수도 있다. 스스로 돌보는 것은 곧 자기애를 말한다.

자신을 사랑하며 자기에게 친절을 베풀어라. 절대 늦은 시간이란 없다. 사실상 최적의 시간은 바로 지금이다. 과거는 이미 지나갔고 미래는 아직 오지 않았다. 자신을 사랑하기 위해 내가 변화하기를 기다릴 필요도 없다. 바로 지금의 모습 그대로를 사랑하면 그만이다. 우리는 선택할 수 있다. 내가 마땅히 누릴 만한 친절을 스스로 베풀고 꿈을 향해 조심스럽게, 그리고 확신을 가지고 앞으로 나아가라.

우주의 모든 것이
네 안에 있다.
모든 질문은
자신에게 하라.

루미(Rumi)

친절과 좋은 에너지

내가 나 자신을 사랑하면 에너지가 나온다. 이때의 에너지는 자신의 모습을 드러나게 하는 에너지다. 자신에게 친절하고 사랑을 담아 스스로 돌볼 때 자신의 품위와 가치를 발산하게 된다. 그리고 그것은 우리가 앞으로 경험할 모든 관계에 영향을 미친다.

자기에게 친절하면 다른 사람들이 그것을 감지하여 자연스럽게 따라 하게 된다. 나와 함께 살아가는 모든 사람은 나의 건강과 행복을 만들어 가는 데 있어 중요한 역할을 하기에 친절의 상호 연결성과 개인의 에너지를 인정하는 것은 매우 중요하다.

프랑스 작가 피에르 코르네유(Pierre Corneille)는 "자기애는 다른 모든 사랑의 원천이다."라고 했다. 자기를 향한 친절을 기준으로 삼으면 타인을 향한 친절은 훨씬 쉬워진다. 자신에게 친절하면 마음가짐이 보다 여유롭고, 보다 편안하고 활력이 넘치며 스스로 만족스럽기에 타인에게도 긍정적 자양분을 쉽게 전달할 수 있다. 친절의 실천을 통해 우리는 더 좋은 기분을 느끼고 보다 나은 행동을 하며 인격체로서 보다 아름다운 꽃을 피울 수 있다.

친절을 베풀면 사람들은 우리에게 있는 편안함과 기쁨, 영감에 끌리게 된다. 개방적이고 친절한 에너지는 우정이나 평화, 사랑의 결핍을 막아준다. 실제로 친절에는 끌어당기는 힘이 있고 그 자체로 아름다우며 주변을 아름답게 만들기도 한다. 친절은 내면의 빛을 발산하게 하며 더 큰 충만함과 기쁨을 우리 내면의 세계로, 그리고 우리 주변을 둘러싼 세상으로 끌어당긴다.

친절과 건강

우리의 생각과 감정에는 진동이 있다. 이 진동은 우리의 정신뿐만 아니라 몸 전체로 침투한다. 일상의 태도와 행동이 우리 몸을 구성하는 세포 하나하나의 건강을 결정하는 직접적 요인이라는 사실을 깨닫는다면 우리의 인생도 바뀌게 될 것이다. 실제로 감사나 친절과 같은 긍정적 생각의 실천이 신체적 건강을 향상시키고 근본적인 변화를 일으킨다는 것이 입증되었다.

친절을 주고받는 일은 마법과 같다. 친절은 우리 몸을 가뿐하고 활력이 넘치게 하는 동시에 정신과 몸에 굳건한 토대를 만들어 준다. 친절은 우리의 몸 전체에 세로토닌(Serotonin, 혈관수축작용 물질)과 옥시토신(Oxytocin, 자궁수축 호르몬)을 방출하여 태어날 때부터 가지고 있는 행복의 자원을 활성화한다. 친절은 우리를 강하고 아름답게 만들며 위안과 행복을 준다. 최근의 연구에 의하면 친절은 품위 있는 노화와 심장의 건강에도 기여하는 것으로 나타났다. 가장 행복한 사람은 곧 베풀 줄 아는 사람이며, 베풀 줄 아는 사람이란 자신의 삶을 스스로 변화시키고 타인 삶의 변화에 도움을 주는 사람이라는 것이다. 나눔으로 인해 곧 얻을 것이라는 아시시의 성 프란치스코(Saint Francis of Assisi)의 위대한 가르침도 있지 않은가?

스스로에게 친절을 베풀 때 우리는 내면으로부터 큰 휴식과 회복, 충만함을 느낀다. 보다 친절한 내면의 소리를 듣게 되고, 보다 친절한 눈으로 자신을 바라보는 시간이 반복되면 우리가 마땅히 알아야 할 자존감과 자부심을 경험하게 된다. 자신에 대한 친절은 건강한 인간관계를 성장시키는 데 도움을 주고 우리의 건강을 한층 증대시키는 유대감을 만들어 준다. 자기 자신을 향한 한 차원 더 높은 사랑, 즉 섣불리 판단하지 않고 온화하고 인내심 있으며 용서하는 사랑을 통해 우리는 내면의 평화와 용기, 활력을 키우고 앞으로 스스로 위로하고 보살피는 방법을 배우게 될 것이다.

나눔으로 인해
곧 얻을 것이다.

아시시의 성 프란치스코
(Saint Francis of Assisi)

내면의 목소리가
당신이 아는
가장 친절한
목소리이기를.

엠(M)

친절한 생각,
친절한 자신과의 대화

자신을 향한 친절은 자기 생각에서 비롯된다. 자기가 선택한 생각이 자신과의 대화, 말과 행동, 개인적인 경험을 결정한다는 말이다. 친절한 생각이 우리가 추구하는 평화, 균형, 연결과 같은 기분 좋은 느낌을 증대시키는 반면 불친절한 생각과 행동은 긴장과 불안, 단절을 가져온다.

자신과의 대화를 결정하는 것은 자기가 선택한 생각의 본성과 질이다. 자신과의 대화는 매 순간 경험하는 내면의 독백이자 선과 악, 옳고 그름, 가치와 무가치의 정도를 말해주는 내면의 목소리다. 삶의 여정에서 다른 어떤 목소리보다도 더 자주 들으며 스스로 비판하고 감시하며 승인 또는 부인하는 소리다. 또한 자신의 삶과 자신만의 세계를 형성하는 데 있어 적극적으로 개입하는 목소리다. 이런 내면의 목소리는 대개 가까운 친구나 가족의 조언보다 훨씬 더 비판적이며 불친절하다. 만약 이 목소리가 다른 누군가의 목소리였다면 두 번 다시 그 사람을 보지 않으려 할 것이다.

우리는 자신과 평생을 함께할 수밖에 없다. 자신과의 관계는 앞으로 알게 될 그 어떤 관계보다 소중하고 장기적이며 의미심장하다. 자신의 불친절로 인한 고통을 지속할 이유가 없다. 내면의 목소리는 스스로 위로하고 격려하며 동기를 부여하고 위안을 주며 사랑과 자양분을 공급해야 한다. 단언컨대 내면의 목소리는 자신이 가진 가장 큰 자산이며 자신이 아는 가장 친절한 목소리여야만 한다.

사랑스러운
생각을 키우고
그것들이
자신의 기쁨이
되게 하라.

엠(M)

친절한 내면의 소리 찾기

내면의 목소리는 자신이 재구성할 수 있다. 내면의 목소리에는 의식과 무의식이 혼재되어 있는데, 대개 부모 혹은 자신에게 특별한 의미가 있는 존재로부터 들었던 낡고 오래된 목소리들로 구성되어 있다. 각자의 과거 인생 경로 어딘가에서 우연히 듣게 된 말을 지금 자신의 목소리로 오해하고 있을 가능성이 크다.

인간의 생각은 천성적으로 끊임없이 변화하며 창조적이고 융통성이 있다. 생각은 변화에 노출된 습관의 유형이다. 단지 오랜 시간 동안 특정한 방식으로 생각해 왔다고 해서 영원히 그렇게 생각해야 하는 것은 아니다. 다시 말해 오랜 기간 자신에게 불친절했다고 해서 앞으로도 그렇게 해야 한다는 것이 아니라는 얘기다.

자기 비판적인 생각과 자기 비하적인 생각, 스스로 대충 넘겨짚는 것, 그리고 후회스러운 회상에 과도하게 빠져드는 것 등은 모두 자신을 향한 불친절이다. 자기 자신에게 보다 친절할 때 스스로에 대한 확신은 더욱 커진다. 자기에게 던지는 질문은 줄어들고 칭찬과 위로는 더 늘어나게 된다. 친절한 생각과 대화는 자신도 모르게 빠져드는 고통스러운 생각에서 스스로를 벗어나게 하고 정신을 자유롭게 한다.

자신과 친절하게 대화하기 위해서는 인내와 노력이 필요하지만 그에 따르는 보상은 무한하다. 친절한 내면의 목소리는 우리의 마음과 정신을 꽤 여유롭게 한다. 애정어린 시선으로 자신을 바라보도록 하고, 다정함이 무엇인지, 연민이 무엇인지를 깨닫게 하며 온전히 자신을 돌볼 수 있게 한다. 친절한 생각은 기분을 좋게 만들고 마음을 진정시켜 휴식과 휴양, 즐거운 인생을 누리게 한다.

친절한 생각은 그리 복잡하지 않다. 매 순간 누구나 할 수 있는 간단하고 자연스러운 선택이다. 자신을 향한 친절에서 출발하면 두려움 대신 사랑을 선택한다. 그것도 아주 적극적으로 말이다. 일상에서 마음 챙김과 긍정적 성향을 키워 나갈 수도 있다. 자신에게 친절할 때 삶이 한결 수월해 지며 잃어버렸다고 생각했던 과거 자신의 일부들이 마침내 제자리로 돌아오는 것을 느낄 수 있다.

단언컨대, 스스로 엄격하게 비판한다고 해서 내가 원하는 것을 얻을 수 있는 것이 아니다. 반면, 자신에게 좀 더 너그러워 진다면 우리는 더 강하고 현명하게 성장할 것이다. 자신을 향한 친절은 자신감과 마음의 평화를 가져다 준다. 마음의 평화와 자신감을 갖는다면 오랜 시간 보다 친절하고 건강하며 유용한 생각들이 이어져 삶을 더 편안하게 지속할 것이다. 더 친절한 내면의 목소리를 인생의 나침반으로 삼는다면 삶을 통해 얻을 수 있는 모든 기쁨이 내 눈 앞에 펼쳐질 것이다.

친절이 주는 변화

자신을 더 나은 방향으로 변화시키는 일은 고통스럽고 복잡하지만은 않다. 친절에서 영감을 얻은 단순하고 재미있는 실천들이 우리에게 심오하면서 지속적인 변화를 가져다 줄 것이다.

자신과의 대화는 내면의 전쟁을 치르는 일과 다름없다. 이 내면의 전쟁은 대개 '부족함'에 대한 환상에서 온다. '부족하다, 충분한 자격이 없다, 똑똑하지 못하다, 강하지 못하다, 예쁘지 않다, 성실하지 못하다, 결과적으로 실패했다.' 등과 같은 부정적 대화의 주제가 끊임없이 이어진다. 이런 불친절한 자신과의 대화는 아무런 도움이 되지 않을 뿐만 아니라 불안감, 무가치, 부정적 성향, 피로감으로 이어진다. 내면의 전쟁에서 불친절한 대화를 무기로 사용한다면 그것이 고의이든 그렇지 않든 스스로 상처를 주며 자기 폄하로 이어질 뿐이다.

내면의 목소리가 현재 무엇을 말하든 우리가 듣고 싶은 것을 듣고 변화할 수 있는 자유가 있다. 마음만 먹는다면 즉시 무장을 해제하고 스스로에게 투항할 자유가 있다는 말이다. 친절한 생각으로 불친절한 생각들을 몰아내는 것, 바로 그것이 시작이다. 일상 속에서 그것을 실천한다면 머지않아 진정한 내면의 모습에 순응하여 자신이 진정으로 원하는 삶을 살아가게 될 것이다.

스스로에게 친절할 때 자기 자신이 아닌 또 다른 누군가가 되기 위해, 또는 타인의 기대에 자신을 '끼워 맞추기' 위해 고군분투하지 않아도 된다. 대신 진정한 자신의 모습을 즐길 자유를 얻게 될 것이다. 시인이자 작가인 마야 안젤루(Maya Angelou)가 상기시켜 주는 바와 같이 인생에서 이룰 수 있는 가장 가치 있는 성공은 자신을 사랑하고 자신이 하는 일을 사랑하며 자신의 방식을 사랑하는 것이다. 스스로에 대한 친절은 이처럼 경이로운 존재의 상태에 도달할 수 있게 하는 확실한 경로이다.

도움이 되지 않는 불친절한 생각을 몰아내는 일은 한순간에 어루어지기는 어렵다.

그러한 변화는 오랜 시간에 걸쳐 진행되는 과정이다. 불친절한 생각을 밀어내는 기술은 단지 친절한 생각을 더 많이 하기만 하면 된다. 또한, 불친절한 생각이 떠오를 때마다 그것을 낚아채는 기술이 있으면 된다. 물론 처음에는 이상하게 느껴지겠지만 말이다. 예를 들어, '나는 충분히 성공하지 못했다'는 생각을 가로채 '나는 지금까지 내가 성취한 모든 것을 볼 수 있다'는 생각으로 바꾸는 것이다. '나는 충분히 아름답지 못하다'는 생각은 '나는 아름답고, 온전하고, 완벽하다고 느낀다'로 대체할 수 있다. 친절한 생각으로 불친절한 생각을 몰아내는 일은 즐거운 도전이다. 시작 단계에서는 부자연스럽게 보일 수도 있지만 결국 소프트웨어를 재구성하는 다분히 일상적인 문제일 뿐이다. 그러니 끈질기게 해 나가야 할 일이다. 그것도 헌신적으로! 완벽한 결과가 아닌 진행 과정 자체를 목표로 삼는다면 친절이 우리의 삶을 더 많이 변화시킬 것이다.

인간의 뇌는 신경 경로를 사용하여 정보를 받아들이고 저장하며 출력하는 기계다. 친절한 생각으로 불친절한 생각을 몰아내면 오랜 기간 사용했지만 이제는 무용지물이 되어 더 이상 쓸모없는 신경 경로의 사용을 중단하고 새롭고 건강하며 유익한 경로를 만들어 낸다. 열심히 불친절한 생각을 밀어내다 보면 어느새 자신이 더 이상 원치 않는 낡은 신경 경로는 결국 자취를 감추고 새로운 경로가 우리의 생각을 지배하게 될 것이다. 우리의 정신은 기본적으로 새롭게 만들어진 친절한 경로를 좋아한다. 끊임없이 노력해 얻은 것이어서 그럴 수도 있지만 친절한 신경 경로로 인해 우리의 정신과 신체, 영혼이 기하급수적으로 향상되었기 때문이다.

친절을 끊임없이 반복하며 지속해 나갈 동기를 찾는 일은 어렵지 않다. 친절의 부수적 효과를 눈으로 확인할 수 있는 데다 친절로 인해 보람을 느끼며 희망을 갖게 되기 때문이다. 변화하기 원하고 보다 많은 영감을 얻기 원한다면 이 책 66~67쪽을 열어보기 바란다.

친절과 소소한 것들

실제적이고 즐겁고 지속적인 변신을 위한 가장 효과적인 방법은 스스로 작은 변화를 만들어 내고 스스로 친절을 축적하는 것이다.

'전적으로' 큰 변화가 항상 좋은 것만은 아니다. 겉으로 극적인 변화가 있는 것처럼 보일지라도 깊은 내면은 변하지 않은 채 남아 있을지도 모르기 때문이다.

스스로를 위해 규칙적이면서 소소하게 베푸는 친절, 다시 말해 일상에서 실천하는 긍정적인 작은 의식이나 규칙에는 많은 장점이 있다. 행복과 사랑의 감정을 심어주는 작은 행동이 반복되다 보면 친절을 실천해야겠다는 다짐은 더욱더 굳건해지고, 나아가 그토록 원하던 인생을 바꾸어 놓을 만한 변화 또한 서서히 그 실체를 드러낼 것이다. 스스로를 향한 친절은 우리에게 성장과 변화의 과정을 겪어낼 인내심을 길러 준다. 또한 친절한 내면의 목소리는 우리 삶을 응원하고 긍정적 영향을 주는데 그 효과는 말로 다 표현할 수 없다.

그렇다면 무엇부터 시작하면 좋을까? 하루에 하나씩 긍정의 말을 읊어 보자. 잠들기 전 감사일기 쓰기, 규칙적으로 전자 기기 사용하지 않기, 매일 아침 명상하기, 거울을 보며 스스로에게 미소 짓기, 즐기는 운동을 하기 위해 규칙적인 시간표 만들기, 건강하고 맛있는 음식 먹기, 가끔 밤하늘의 별이나 일출, 일몰을 보며 자연의 아름다움 감상하기 등 지금 당장 시작할 수 있는 일상의 작은 의식은 수없이 많다. 불변의 지혜는 반복적인 행동이 곧 자신을 규정한다고 말하고 있다. 소소한 것들이 중요하다.

개인의 변화에 관한 문제를 생각할 때는 당장 내일의 내 모습이나 느낌뿐만 아니라 앞으로 1년 후, 5년 혹은 10년 후의 내 모습과 느낌까지 고려해 보자. 스스로를 향한 소소하고 습관적인 친절이 얼마나 큰 힘을 발휘할 수 있는지 볼 수 있는 시간과 마음의 여유를 가져보자. 변화를 통한 평생의 즐거움을 음미해 보자.

아무리 작더라도
친절한 행동은
결코 낭비되는 법이
없다.

이솝(Aesop)

굴러오는 눈덩이 피하기

실패 혹은 좌절에 직면했을 때, 자기 생각과 자신과의 대화에 집중하는 것도 현명한 대처 방법이다. 그러나 대개 우리는 시련을 극복하기보다 오히려 악화시키는 경우가 더 많다. 그것도 놀랍도록 빠른 속도로. 실패의 원인과 전혀 무관하며 아무 도움이 되지 않는 엉뚱한 스토리를 실패의 원인으로 끌어다 붙이기도 한다. 단 한 번의 실패로 자신을 끔찍하고 무능력한 사람으로 낙인찍어 버리는 경우도 있다.

살다 보면 의도치 않게 누군가에게 실망을 안겨줄 수도 있지만 그렇다고 졸지에 내 삶의 모든 면을 신뢰하지 못하는 경솔한 실패자가 되어서는 안 된다. 한두 번 연애에 실패했다고 스스로를 비호감으로 평가하며 평생 독신으로 반려동물만 의지한 채 살아갈 수는 없지 않은가?

실망의 늪에 빠지면 자신에게 불리한 온갖 종류의 부정적 생각들을 눈덩이처럼 키우기 마련이다. 너무 고통스러운 나머지 나름의 이야기와 연관성을 결부시킨다. 특히, 더 이상 좌절하면 안 되는 시기에 그런 눈덩이를 만들어 내는 일은 전혀 도움도 되지 않을뿐더러 스스로에게 불친절한 행동이다. 그럴 때일수록 자제력을 발휘해야 한다.

실패에 집착하여 불필요한 생각에 생각을 더하여 확대 해석하기보다는 그런 눈덩이를 만들지 말아야 한다.

한 번의 실패에 의미를 부여해 자신의 가능성을 전면 부정하는 불친절한 결론을 내리거나 지금까지 경험한 모든 좌절을 떠올리며 자신의 가치와 재능, 잠재력, 역량을 의심하는 대신, 실제로 이루어진 행동과 주어진 상황을 분리하여 집중할 수 있어야 한다. 그러다 보면 자신의 실수를 깨닫게 되거나 부정적인 피드백을 얻을 수도 있다. 그렇다고 실수나 부정적 피드백이 자신의 전반적 가치 혹은 역량을 결정짓지는 않는다. 오히려 다음번에는 실수를 반복하지 않기 위해 이전과는 다른 행동을 취할 수 있는 계기가 되어줄 것이다. 결국 실패는 미래를 위해 자신을 향상할 기회를 제공하는 것이다. 자신만의 안전지대를 벗어나 새로운 것을 배우고, 열정적이고 발전적이며 흥미진진한 삶을 살아가다 보면 사실상 실패는 불가피하다. 실수가 없다면 성장도 없지 않겠는가?

알베르트 아인슈타인(Albert Einstein)은 열여섯 살 때 열심히 준비했던 스위스 학교 입학시험에 낙방했다. 이후 그는 힘겨운 대학 시절을 보내야 했고, 너무나 의기소침해진 나머지 학교를 중퇴할 위기에 놓이기도 했다. 이 일은 그에게도 가슴 아픈 일이고 훗날 그의 상대성 이론을 비롯한 다수의 학문적 업적을 아는 현재의 우리로서도 이해하기 어려운 일이다. 삶이란 완벽한 존재가 되는 것도 아니고 무언가에 즉각적으로 통달하기 위한 것도 아니다. 다만 오늘보다 조금 더 나은 내일을 위해 노력하는 것일 뿐이다. 우리는 누구나 최선을 다하고 배우며 성장한다. 그러니 삶의 여정에서 각자 스스로에게 친절을 베푸는 것은 어떤가?

자신을
받아들이면
마땅히 누려야 할
평화와 휴식으로
갈 수 있다.

엠(M)

친절과 우리의 몸

우리 몸은 살아 숨 쉬는 안식처와 같다. 나름의 생각과 감정, 기억을 보유한 현명하고 기적적인 생태계이다. 우리의 몸은 우리를 사랑하며 동시에 그만큼 사랑받기를 원한다.

완벽주의 문화는 시각 매체를 통해 확산되고 그 영향은 곳곳에 만연하다. 사람들은 전례 없이 자신의 몸에 대한 불안감, 압박감, 강한 자의식을 느끼는 것 같다. 자기 몸이 타인의 눈에 어떻게 비치는가를 내면의 기쁨보다 더 우선시한다. 결국, 다른 사람의 눈에 비친 자신의 외모가 더 중요하여 '완벽함'이라는 환상을 추구하기 위해 노력을 허비하곤 한다. 디지털 기술을 동원해 완벽해진 몸과 얼굴 그리고 삶을 현실과 비교하며 만족감을 기대할 수는 없다.

완벽주의는 스스로를 향한 불친절로 해석할 수 있다. 완벽주의로 인해 우리는 불필요한 압박감에 시달리고, 우리의 지능을 과소평가하며 인간으로서의 진정한 가치를 훼손한다. 완벽해지는 것보다 우리가 지금 이 순간에 존재하고 있다는 사실에 집중할 필요가 있다. 여느 때보다 더욱더 말이다. 보이는 모습에 지나치게 휩쓸린 나머지 정작 자기 자신으로부터, 그리고 순간의 즐거움으로부터 멀어질 수 있다.

지금 당신이 '완전무결'한 결과를 위해 자기 몸을 질책하거나 처벌하고 있다면 그것을 중단하고 한 걸음 뒤로 물러서라. 단언컨대 진정한 건강과 평화 그리고 아름다움은 처벌이나 고통, 결핍을 통해 얻을 수 없다. 오직 사랑과 평화, 기쁨으로 충만한 가운데서 마주할 수 있다.

만약 내 소중한 몸을 불편하게 하고 힘들게 하고 있다면 회복을 위해 무엇부터 시작해야 할까? 일상에서 스스로를 돌보는 간단한 실천으로 몸과 마음을 보듬어 안아야 한다.

마음의 소리로 초점을 이동하고 내면의 목소리를 신중하게 경청하라. 서둘지 말고 연민의 감정을 가져라. 그리고 자신의 생각과 자신과의 대화에 주의를 기울여라. 스스로를 비판하는 내면의 소리에 멋지고 재미있게 대응할 법을 찾아야 한다. 스스로에게 불친절하고 도움이 되지 않는 생각들을 몰아내고 보다 양질의 생각들로 대체하는 것도 한 방법이다. 매우 간단하면서도 가장 중요한 것은 사랑과 친절로 돌아갈 길을 보여 달라고 간청하는 일이다. 스스로를 돌보는 치유의 과정에서 견뎌내어야 할 난관이나 좌절이 있더라도 믿음으로 끈질기게 간청한다면 결국 응답을 받을 것이며 그 길을 보게 될 것이다.

친절하게 자신의 몸과 정신, 육체와 영혼을 모두 사랑할 때 우리는 균형 상태에 도달한다. 이렇게 함으로써 건강하고 자연스러운 일상적 판단과 직관력을 갖출 수 있으며 삶의 모든 영역에서 건강한 절제와 즐거움을 찾게 된다. 스스로를 향한 불친절과 반감으로 영원히 고통받기보다 자신과 자신의 몸을 사랑하고 더불어 살며 찬사를 보내는 일이 가장 중요하다. 그렇게 된다면 삶에 더 감사하게 되리라는 데 의심의 여지가 없다.

자기 몸에 대해 무조건적으로 친절을 베풀어 보자. 여기서 무조건적 친절이란 건강한 음식과 물, 신선한 공기, 햇빛, 운동, 칭찬, 휴식과 놀이를 풍부하게 공급함으로써 자신의 몸을 사랑하는 긍정적 혁명을 말한다. 내 몸이 호사를 누리게 하고 즐거움을 만끽하게 하며 온갖 종류의 기쁨을 느끼게 함으로써 자신은 물론 타인의 존재 자체까지 존중할 수 있게 된다. 누구든 있는 그대로의 모습으로 행복하고 온전하며 아름답고 충분한 존재라고 느끼게 된다.

친절은 내 몸뿐만 아니라 타인의 다양성에 대한 존중을 포함한다. 자기애와 자신감, 내면의 평화 그리고 내면에서 발산되는 미소는 언제나 아름다움을 표현하는 가장 값진 장신구라는 사실을 깨닫는 것이야말로 삶을 뒤바꾸어 놓을 만한 변화이다. 친절할수록 우리의 몸은 자연스럽게 더욱더 여유로워 보이고 자양분을 공급받으며 편안한 느낌이 든다. 얼굴 표정은 전에 없이 온화하고 아름다우며 타인으로부터 호감을 불러일으키게 될 것이다.

때가 되면 우리 몸은 물론 우리가 사랑하고 소유한 모든 것은 사라진다. 그 사실을 너무 비관적으로 생각하지 말자. 오히려 영원할 수 없는 모든 것에 온전히 감사하며 진정으로 중요한 것이 무엇인가에 대해 관점을 새롭게 해야 한다. 지금 이 순간을 충만히 살아갈 수 있도록 영감의 원천으로 삼아야 한다. 과거 혹은 미래를 살면서 행복할 수는 없다. 실제로 행복해야 하는 유일한 시간은 바로 지금이다. 자신의 몸을 안식처로 삼아야 진정한 삶을 살아갈 수 있다. 집착이나 부정적 생각 혹은 수치심이 아닌 진정한 사랑과 기쁨, 경이로움으로 가득 찬 삶 말이다.

내 몸은
나를 사랑한다.

엠(M)

맞춤형 내면의 지혜

누구나 각자에게 맞는 돌봄 시스템이 내장되어 있다. 그 시스템이 자신을 위해, 자신의 몸과 영혼을 위해 작동하는 것을 경험하기 위해 필요한 것은 주의를 기울여 그것을 알아차리는 것이다. 피곤하거나 스트레스가 심할 때, 짜증스럽거나 과도한 긴장감을 느낄 때, 혹은 자신이 불친절한 생각과 말, 행동을 하고 있다는 것을 인지했을 때는 휴식을 통해 영혼이 생기를 되찾도록 해야 한다. 그럴 때는 하던 것을 중단하고 애정 어린 친절로 스스로를 돌볼 필요가 있다.

☆

감당하기 힘든 생각이나 감정이 발생했을 때 그것을 못마땅해하거나 감추거나 무시하지 마라. 수치심이나 죄책감, 나름의 판단으로 고통스러움을 배가시키는 것 또한 금물이다. 그 대신 스스로를 향한 친절과 자기 인식을 통해 긍정적 변화를 수용하도록 기운을 북돋우는 지혜를 발휘하자. 아울러 긍정적으로 변화할 수 있게 한 내 몸과 정신에 감사하자.

우리가 경험하는 불쾌한 상태 혹은 감정은 다른 무엇보다 먼저 자신의 그릇이 채워져야 한다는 신호로 볼 수 있다. 다른 누구도 아닌 자신을 위해서 말이다. 일상에서 의식적으로 친절을 베풀고 스스로 돌보아야 하는데, 다시 채우는 일은 누구도 아닌 자신의 책임이다. 스스로 돌볼 수 있는 사람은 자신뿐이다. 누구도 그 일을 대신할 수 없다. 그러나 어쩌면 그것이 오히려 다행스러운 일인지도 모른다. 공교롭게도 스스로를 돌본다는 것은 자신이 취할 수 있는 최선이자 가장 소중한 것이기 때문이다. 스스로 돌보는 일은 우리에게 허락된 최상의 치유이자 지속 가능한 배려이다.

날마다 맞춤형 내면의 지혜에 접속하는 횟수가 많을수록 그것은 더욱 명확해지고, 보다 강하게 성장해 갈 것이다. 자신에게 귀를 기울여 내면의 가르침에 경청하려는 행위는 우리에게 경이롭고 영원히 존재하며 끊임없이 베푸는 선물을 가져다 줄 것이다.

친절과 일상

우리가 행하는 모든 것에, 그리고 어떤 것에라도 친절을 적용할 수 있다. 매일의 일상이 똑같을 수는 없지만, 그 속에서도 반드시 지켜야 하고 타협하지 말아야 할 특정한 유형의 친절이 있다. 그것은 스스로를 사랑하고 응원하기 위해 반드시 지켜야만 하는 우리의 소명이다. 즉, 건강한 식습관, 즐거운 활동, 자신의 정신과 몸에 대한 사랑의 표현, 자기 직관과 창의성에 대한 탐구, 휴식과 휴양, 타인과의 관계인데, 이 모든 것들이 일상에서 반드시 실천해야 할 친절의 의식이다.

건강한 식습관을 실천하는 것은 자신에게 치유의 자양분을 공급하는 일이다. 자연이 주는 영양이 풍부하고 다양한 무첨가 식품을 먹고 충분한 양의 물을 마셔 우리 몸의 세포에 수분을 공급해야 한다. 먹거리의 근원과 처리 방법, 건강상의 이점 등을 이해하는 데 지속해서 관심을 기울이고, 우리에게 그토록 신성하고 풍부한 먹거리를 제공한 이 땅에 감사해야 한다. 건강한 식습관의 실천은 곧 자신의 몸과 마음 그리고 자연을 향한 진정한 친절의 실천이다. 우리가 먹는 음식은 피와 뼈가 되고 몸을 이루는 모든 세포가 된다. 말하자면 먹는 것이 곧 우리 자신이 된다는 얘기다. 먹거리는 물론 음식의 선택에 있어 애정 어린 주의를 기울이는 것은 스스로 돌봄의 한 형태이자 매일 실천해야 할 필수적 친절이다.

몸을 움직이는 것 또한 스스로를 향한 친절이다. 우리 몸은 움직임이 필요하고 움직이는 것을 사랑하기 때문이다. 운동은 몸의 근육을 이완하고 강화하며 새롭게 활력을 불어넣는 행위인 동시에 정신을 맑고 고요하게 만드는 일이기도 하다. 매일 알게 되는

움직임과 몸에 대한 신뢰를 더해 가는 과정과 자신이 즐기는 운동을 함으로써 생기는 즐거움이 가져다주는 혜택은 증대된다. 당신의 몸을 움직이게 하는 것이라면 그것이 무엇이든 즐겨라. 중국 기공 체조인 태극권이어도 좋고 트램펄린 체조여도 좋다. 요가나 스노클링도 괜찮다. 신체 운동은 기분이 좋아지고 스트레스와 불안감을 감소시키는 데 도움을 주는 행복 신경 전달 물질인 엔돌핀을 몸 전체로 전달한다. 그렇기에 더더욱 기쁨과 감사의 마음으로 운동해야 한다.

나는 창의력을 사용하고 직관에 연결하는 것 또한 필수적인 일상의 의식으로 간주한다. 상상력을 존중한다는 것은 곧 자기 자신의 정신을 향한 친절을 의미하는 말이다. 창의적인 생각은 우리에게 새로운 활력을 불어넣고 우리를 성장하게 하며 자유로움과 성취감을 제공한다. 자신이 하는 일과 자신의 즐거움을 위해 선택한 활동에 창의력을 더하면 보다 행복한 일상이 보장된다. 생각과 말, 입는 옷, 살아가는 집 그리고 관계에 창의력을 더하라. 새로운 아이디어를 떠올리고 창의적이고 무작위적인 친절을 행하라. 빈둥거림이나 공상, 호흡과 명상도 좋다. 때로는 딴생각을 하는 것도 나쁘지 않다. 매일 창의력을 사용함으로써 자기 자신과의 관계를 향상하고 타인과의 유대감에 새로운 활력을 불어넣으면 보다 행복하고 건강해질 수 있다. 그리고 평생토록 끊임없는 영감을 얻을 수 있다.

마찬가지로 휴식과 휴양 또한 일상에서 중요하고 우선적으로 고려해야 할 요소이다. 누구나 많은 일을 하면서 살아간다. 그러나 휴식과 평화, 고요함이 없다면 계속할 수 없다. 우리의 삶은 내부로부터 시작되어 모양을 갖추어 간다. 건강한 휴식은 내면 세계에 자양분을 공급하며 보다 큰 평화와 자의식을 성장시켜 그것이 온몸을 돌아 흐르도록 만든다. 자연으로부터 안식과 영감을 얻는다면 휴식에 관해 더 심오하게 이해할 수 있을 것이다. 자연에는 꽃을 피우는 계절, 생명을 발산하는 계절 그리고 성장과 휴식을 위한 계절이 있다. 각각의 계절은 역동적인 보다 큰 그림 안에서 나름의 자리를 차지하고 있다. 시인 오비드(Ovid)는 번영을 위해 휴식을 취할 필요가 있다는 아름다운 시구로 휴식의 필요성을 상기시키고 있다. 휴식 기간을 거친 토양에서 더 많은 작물을 수확할 수 있는 것처럼 우리 또한 휴식을 거친 후 더 많은 열매를 맺을 수 있다.

스스로를 향한 친절과 인내를 통해 우리는 휴식과 쉬는 시간에 대한 관점을 새롭게 해야 한다. 생산성은 자신을 규정하는 척도가 아니며 생산성과 성공이 동등하지 않다는 것을 깨닫고, 죄책감 혹은 변명, 걱정이나 비판 없이 휴식하는 법을 터득해야 한다. 휴식을 취하는 것은 내면의 지혜와 연결되기 위함이다. 정신과 몸에 새롭게 활기를 불어넣고 일상의 삶을 위해 자신을 강화하고 치유하며 충전하는 것이다. 친절과 휴식, 휴양에 대한 내 생각은 56쪽에서 계속 이어갈 것이다.

마지막으로, 위에서 언급한 것 못지않게 중요한 한 가지는 타인과의 관계이다. 이 또한 친절을 실천하는 일상의 의식이다. 친절한 생각과 친절한 행동을 통해 서로가 서로에게 진정으로 연결된다면 우리는 평생 서로 존중하고 동기를 부여하며 영감을 제공하는 관계를 맺을 수 있다. 적극적인 청취, 자상함, 연민, 유머, 이해와 공감, 이 모든 것이 의미 있는 관계를 활성화하고 성숙시킨다. 우리의 삶을 풍요롭고 완전하게 만들어 줄 의미 있는 관계 말이다.

자신을 비롯한 타인을 향한 친절이 일상에서 습관이 되도록 하라. 머지않아 내 삶의 풍요로움과 내 세상을 공유하는 타인에게 내가 기쁨을 선사할 수 있다는 사실에 놀라움을 금치 못하게 될 것이다.

설탕, 카페인 그리고 친절

어쩌면 우리는 설탕과 카페인을 버팀목 삼아 일어나고 앞으로 나아가는 일에 익숙해져 버렸는지 모른다.

아침에 일어나자마자 커피 한 잔 마시지도 않고 대화를 하려는 사람이 있다면 행운을 빈다. 오후 세 시쯤엔 달콤한 비스킷을 먹기 위해 알몸으로 거리를 내달릴 지도 모른다! 문제는 설탕과 카페인이 아드레날린을 방출하며, 내면의 피로를 느끼지 못하게 한다는 것이다.

오늘날 바쁜 세상에서 설탕과 카페인은 매우 유혹적이다. 그것은 일상적인 것이며 심지어 미화되기까지 한다. 문제는 그것이 롤러코스터와 유사하게 기복이 심한 궤도를 그린다는 점이다. 설탕과 카페인이 최고의 컨디션을 유지하게 하지만 섭취하지 않았을 경우 그만큼의 급격한 컨디션 하락으로 이어진다. 이런 삶에서 에너지 흐름을 지속하려고 더 많은 커피와 설탕을 우리 몸에 공급하게 된다. 그것은 결국, 신경계를 비롯한 몸 안의 모든 세포와 기분 그리고 실질적으로 삶의 모든 영역에 더 큰 스트레스를 가하는 것과 다름없다. 아드레날린을 원동력으로 삼아 돌아가는 세상에서는 변덕스러운 행위와 공격성, 긴장감과 불안감, 극도의 피로감이 문제다. 따라서 매일 무엇을 섭취할 것인가는 자신의 정신과 몸은 물론 타인을 향한 친절로 생각해야 한다.

정제된 설탕과 카페인은 뇌에 화학적 영향을 끼치고 우리 몸의 세포 단위에서부터 변화를 가져온다. 혈당 문제를 일으킬 뿐만 아니라 설탕에 대한 의존성은 불규칙한 기분, 과민성 반응, 심리 및 호르몬 장애, 심지어 당뇨병과 같은 보다 심각한 질병으로 이어질 수 있다. 매일같이 끊임없는 에너지의 롤러코스터에 의존하다 보면 휴식이나 명료한 생각, 자신과 타인을 향한 친절이 점점 어려워 진다. 그렇게 기복이 심한 상황에서는 자신의 내면세계가 실제 필요로 하는 것이 무엇인지 파악해 적절히 대응하는 일 또한 쉽

지 않다. 예를 들어, 내면에서 느끼는 진정한 피로감의 원인을 찾는 일이 힘들 수 있다. 누구나 삶에서 여분의 에너지가 필요하다. 실제로 우리가 사는 세상에서는 집중력과 용기, 활력이 있어야 한다. 일상에서 자신을 위한 진정한 에너지를 비축하는 방법과 이를 위해 우리의 정신과 몸을 위한 친절하고 지속 가능한 접근법과 자원은 무수히 많다.

내가 선호하는 몇 가지 간단한 아이디어를 소개하자면 이런 것이다. 나는 일상 속에서 항상 수분을 충분히 섭취하고 내 몸에 충분한 햇볕과 공기를 공급하며 가능한 한 규칙적으로 몸을 움직이고자 노력한다. 때로 몸이 절실히 필요로 하는 것은 자극적인 것이 아니라 이런 기본적인 것이다. 나는 정제된 설탕 대신 신선한 과일이나 건조된 과일을 먹는다. 엄청난 양의 설탕이 들어간 청량음료나 시중에서 판매하는 구운 음식, 과자류, 각종 포장 식품들은 되도록 먹지 않는다. 카페인과 설탕의 강력한 혼합물인 에너지 드링크 제품은 매우 우려된다. 우리의 정신과 몸은 그토록 강렬하고 인위적인 '급속 충전'에 적합하도록 설계되어 있지 않다. 말차는 비교적 카페인 함량이 낮고 건강상의 이점이 놀라울 정도로 많은 훌륭한 커피 대용품이다. 나는 몸에 도움이 되는, 특히 부신 기능을 지원하는 강장 효과가 뛰어나고, 몸에 부담을 주지 않으면서 필요한 모든 에너지를 확실하게 공급해 주는 허브를 활용한다. 예를 들어, 툴시 차, 마카 분말, 아쉬와간다와 홍경천을 적절히 배합한 보약, 영지버섯, 차가버섯, 사자의 갈기 버섯, 동충하초 등과 같은 약용 버섯들이 여기에 포함된다. 단 몇 가지만 예로 들었을 뿐 이 세상에는 아직 우리가 잘 모르는, 맛도 좋고 에너지 공급에도 탁월한 효능을 가진 흥미진진한 자원들이 무수히 많다. 나의 제안이 생소하게 들리더라도 부디 낙담하지 말기를 바란다. 나 역시 이들 대용품에 관해 하나하나 배워 나갔다. 내가 시간을 내어 이것들을 배웠다는 사실에 지금은 매일 진심으로 감사한다. 친절하고 지속 가능한 방식으로 에너지와 건강을 유지하는 것은 자신뿐만 아니라 사랑하는 사람들을 위해서도 좋은 일이다. 우리의 몸은 시간을 들여 더 많이 알고 보살피는 만큼 사랑을 되돌려 준다. 우리가 보다 행복하고 침착하며 현실에 근거한 사람이 되어갈수록 주변의 사랑하는 사람들 역시 더 큰 사랑을 줄 것이다.

친절, 휴식,
휴양에 관한 짧은 글

정신과 몸을 침착하고 고요하게 만드는 것은 곧 스스로에게 친절을 베푸는 행위이다.

빠르게 돌아가는 일상에서, 과도한 '긴장 상태'가 지속되는 이 시대에 잠시 모든 연결을 해제하고 휴식을 취하는 것은 호사가 아니라 반드시 필요한 일이다. 현대인이 마치 훈장처럼 달고 사는 기진맥진, 시간의 빈곤, 수면 부족 등은 휴식의 재구성이라는 집단적 요구를 새삼 강조하고 있다. '탈진'의 경험은 우리 시대에 만연한 현상이다. 그러나 그것은 일상에서 스스로를 향한 친절을 실천하는 것만으로 피해갈 수 있다.

바쁘게 움직이는 이 세상에서는 생산성과 성취감이 양질의 휴식과 내면의 평화보다 강조된다. 최악의 경우, 휴식은 선택적인 것 혹은 나약함, 휴양은 사치로 간주되기도 한다. 휴식과 휴양 없이 최상의 상태를 유지하는 일은 한마디로 불가능하다. 휴식이 없으면 명료하게 생각할 수도 없고 바른 판단을 내릴 수도 없으며 집중할 수도 없다. 생기를 느낄 수도, 문제를 해결할 수도, 매 순간 건강한 관점을 보유할 수도 없다. 휴식을 요구하는 내면의 부름을 습관적으로 무시함으로써 우리는 지치고 손상되고 압도당하는 느낌에 익숙해져 버린다. 그런 압박감에 시달리는 불편한 상태는 바람직하지 않고, 불친절한 모든 생각과 말, 행동의 전조 증상이 된다.

휴식과 휴양은 게으름과 동격이 아니다. 휴식을 취함에 있어 죄의식 혹은 미안함은 금물이다. 속도를 늦추고 스스로를 돌볼 때 비로소 삶을 점검하고 영혼에 새로운 생기를 불어넣을 수 있다. 가능한 한 자주 주변의 모든 간섭으로부터 해제될 필요가 있다. 그래야만 우리가 맺고 있는 관계에 온전히 참여할 수 있고 자기 자신과 자신을 둘러싼 주변 세상을 의식하며 존재할 수 있다. 무엇보다 먼저 자기 자신을 향해, 그리고 타인을 향해 친절한 행동을 취하고자 한다면 자주, 그리고 잘 쉬어야 할 필요가 있다. 스스로에 대해 무조건적으로 친절해야 하며, 일상을 영위하는 데 휴식은 반드시 필요하다. 우리는 마땅히 휴식 시간을 만끽할 의무가 있다.

일상에서 휴식 혹은 휴양을 위한 시간을 찾아내는 것은 불가능하다. 시간을 만들어야 한다. 수면, 짧은 낮잠, 명상, 두 발을 높이 올리고 쉬는 것, 즐거움을 위한 가벼운 독서, 일기 쓰기, 약간의 평화를 음미하고 홀로 조용한 시간을 보내기 위해 사회생활을 포기하는 것, 음악 감상, 촛불을 밝힌 욕실에서 즐기는 호사스러운 입욕, 부드러운 몸의 움직임을 즐기고 자연에서 시간을 보내는 것 등은 삶을 이어가기 위한 배터리를 재충전하는 몇 가지 방법일 것이다. 친절의 실천은 그 자체로 깊은 휴식을 제공한다. 스스로와 타인을 향한 친절은 자신에게 필요한 자양분을 공급하고 침착함을 유지하도록 만들어 주기 때문이다. 한 자리에 멈추어 조심스럽게 발을 딛고 서는 일에 시간을 할애하라. 자신을 다시 한번 점검하고 친절한 생각을 품으며 감사하고 휴식하라. 자신이 원하는 현재의 모습 '그대로' 말이다.

친절 그리고 유일한 불변성: 변화

일 년 내내 피는 꽃은 없다. 자연도 휴식을 취한다. 나뭇잎들은 가지에서 떨어지고 햇빛은 쌓인 눈을 녹인다. 사실 우리는 보다 큰 그림의 일부에 지나지 않는다. 변화무쌍한 기분과 상태는 우리를 변치 않는 분위기, 날씨, 움직임, 그리고 소생하는 자연에 연결시킨다. 각자 경험하는 내면의 계절 변화를 비판할 필요는 없다. 그것이 곧 우리를 구성하며 풍요롭게 만들기 때문이다.

감정의 퇴조와 흐름에 호기심을 품고 우리 내면과 주변의 끊임없는 변화에 보다 유동적으로 대처하는 것이 좋다. 변하지 않는 것은 없다. 스스로를 향한 친절의 실천은 그런 변화에 순응하는 데 도움을 준다.

친절을 통해 스스로를 받아들인다는 것은 역동적이고 균형 잡힌, 완전한 한 사람의 인간으로 자신의 모든 부분을 통합하고 환영하는 것이다. 이런 방식으로 스스로를 향한 친절을 형상화하면 그것은 곧 자신의 세상을 함께 공유하는 사람들도 그렇게 하도록 권장하는 일이 되는 셈이다.

어떤 날은 인내심을 필요로 하고 어떤 날은 강한 힘을 요구하기도 한다. 어떤 날은 부드러움을, 또 어떤 날은 집중과 결단을 필요로 한다. 삶 속에서 관계와 경험, 환경은 끊임없이 변화하고 그로 인해 우리 또한 지속적으로 움직인다. 끊임없는 변화에 직면했을 때 스스로를 향한 친절의 시선은 자신의 내면에서 보다 편안한 안식을 가능케 하는 실천 행위이다. 어떤 모습이건 어떤 상태이건 있는 그대로를 수용하는 것은 곧 우리가 마땅히 알아야 할 평화와 휴식으로 갈 수 있는 것이다.

우리는 결코 매일 똑같은 경험을 반복하는 똑같은 사람이 아니다. 삶이란 본질적으로 끊임없이 변화하는 것이며 우리 인간은 지속적인 개인의 성장이라는 여정 위에 있을 뿐이다. 고대 그리스의 철학자 헤라클레이토스가 말했듯이 같은 강물에 두 번 발을 담글 수는 없다. 강물이 같지 않고 사람 또한 같지 않기 때문이다.

 호흡

 휴식

 친절

우아하게 '아니오'라고 말하기

우리는 정작 자신이 필요한 것을 희생하면서 타인의 필요를 충족시키는 일에 몰두하는 경향이 지나치게 많다. 스스로를 온전히 돌볼 수 있을 때 비로소 타인을 진정으로 배려할 수 있는 법이다. 자신을 돌보는 일에 우선순위를 두는 것은 이기적인 행동이 아니라 필수적인 친절의 행동이다. 어쨌거나 빈 컵에서 물을 따를 수는 없지 않은가!

스스로에게 친절할 때 우리는 어떤 상황에서도 자신을 돌볼 수 있는 능력을 키울 수 있다. 믿을 수 있는 에너지의 기반을 개발하고 평생 강인함과 자율권의 원천이 될 자신감을 강화한다. 또한 보다 심오하고 사랑이 넘치며 스스로를 복돋우며 내면의 요구와 대면할 수 있다. 그리고 내면의 목소리와 직관에 조금 더 익숙해 진다. 자연스럽게 자신을 끌어당기는 것이 무엇인지, 자신이 회피하는 것이 무엇인지 보다 명확하게 인지하기 시작하며 자신의 가치와 목적에 부합하는 아이디어와 행동은 어떤 것인지, 부합하지 않은 것은 어떤 것인지 구분할 수 있는 경지에 도달한다. 요약건대, 스스로를 위한 친절이란 우리 자신에게 적합한 것과 부적합한 것, 기분을 좋게 만드는 것과 그렇지 않은 것에 관한 판단을 내리는 것일지도 모른다. 그리고 타인 역시 그와 동일한 판단을 내리도록 자유롭게 허용한다.

타인을 향한 친절이라는 명분하에 자신을 과도하게 희생함으로써 스스로를 희생할 필요는 없다. 친절의 이름으로 고통을 감수할 필요도 없고 지나치게 자신을 소모하거나 혹사할 필요도 없다. 달리 말하면 자신을 성장시키고 보호하는 경계선을 구축하고 존중하는 것이 자신을 향한 최고의 친절이며, 그 경계선 안에서 모든 상황과 관계에 대한 안락과 평화, 안전을 도모해야 한다는 것이다.

존중과 친절을 실천하면서 동시에 단호한 자기주장을 내세울 수도 있어야 한다. 친절하면서도 자신이 원치 않는 것에 대해 우아하게 '아니오'라고 말할 수 있어야 한다는 의미다. 사려 깊고 애정이 넘치며 친절한 존재로 남아 있으면서 동시에 거절하거나 거부할 수 있고 건설적 피드백을 제공하거나 질문을 던질 수도 있다. 관대함 속에서 개인의 시간과 공간, 에너지를 보호할 수 있다는 말이다.

나눔은 삶이 주는 가장 소중한 기쁨이지만 타인의 완성을 돕는 것이 자신의 의무는 아니다. 마찬가지로 타인을 치유하고 타인을 행복하게 만드는 것 또한 내 의무가 아니라 그들이 수행해야 할 과업일 뿐이다. 스스로 돌봄을 실천하고 본보기를 만듦으로써 타인도 스스로를 존중하고 응원하도록 하는 친절을 베풀면 되는 것이다.

자신의 건강과 행복에 책임을 다하는 것은 자기 자신뿐만 아니라 삶을 공유하는 모든 사람을 향한 친절 행위이다. 친절에는 본질적으로 존중의 의미가 담겨 있다. 자신과 타인 그리고 삶의 모든 측면에서 친절이 가져다주는 온화함과 통찰력은 큰 위안이 아닐 수 없다.

친절 - 강한 부드러움의 형태

친절만큼 용감하고 강력하며 상대방을 무장 해제시킬 수 있는 것은 없다. 특히, 불의나 비열함 혹은 비판에 맞서는 예상치 못한 친절일 경우는 더욱더 그렇다. 친절의 기술을 실행할 때 우리는 원하는 것을 보다 효과적이고 평화로운 방법으로 얻을 수 있다. 친절이란 나약하거나 수동적인 것이 아니다. 친절은 초능력의 한 형태이다.

친절하기로 마음먹으면 그 즉시 스스로에게 엄청난 혜택을 베푸는 것이나 다름없으며 긍정적 선택의 파급 효과가 외부로 확장되도록 하는 것이다. 자신과의 관계 그리고 타인과의 유대감을 견고하게 만드는 온화하고 신중하며 친절한 행동을 경험할 수 있다. 연민의 감정, 평화, 용서, 인내 혹은 포용을 선택할 때마다 바로 우리에게 친절의 에너지가 공급되며 친절을 통해 우리는 자신을 비롯한 타인의 품격을 향상시킨다.

시인 칼릴 지브란(Kahlil Gibran)은 온화함과 친절은 나약함과 절망의 신호가 아니라 강인함과 의지의 표명이라고 했다. 실제로 친절의 바탕은 일상 속에서 자신감과 야망을 품고 용감해질 수 있도록 허용하는 일이다. 그것도 자신과 타인을 강하게 존중하는 방식으로 말이다.

자신의 방식을 고수하는 데 있어 공격적이거나 불친절하거나 혹은 강압적일 필요는 없다. 어떤 형태의 거래이든 어떤 상황이든 공격적인 접근 방식을 선택한다면 그로 인한 자신과 타인의 희생은 불가피하다. 이와 반대로 큰 꿈을 품고 친절하고 멋지게 행동한다면 자신은 물론 주변 사람들을 존중하는 동시에 본인도 행복감을 느끼지 않을 수 없다.

친절은 종종 부드러움과 연결되고 부드러움은 때때로 나약함으로 인식될 수 있다. 친절은 어떤 의미에서는 연약해 보일 수 있지만 고차원적 사랑이 본질적으로 온화하

다는 점을 고려한다면 부드러움은 그 자체로 기세등등하고 기적적인 힘이다. 친절은 상처를 치유할 수 있고 용서할 수 있으며 자존감을 길러준다. 친절로 인해 균형이 유지되고 모든 유형의 사람들이 연결된다. 친절은 두려움을 극복할 수 있게 하고 분쟁을 해결하며 조화를 추구하여 우리가 알고 있는 세상을 변화시킨다.

다음 장에서 소개하는 실천 과제와 영감을 통해 당신의 일상 속에서 기쁨과 행복을 만들어 내는 친절을 경험하는 데 도움을 얻기를 바란다.

먼저 내 심장을 꺼내 든다.

내가 걸어가는 길을

비추는 등불처럼.

내 영혼을 나침반 삼아 여행을 떠난다.

내 마음은

꽃눈을 틔우는 봉오리다.

비판에 구애 받지 않고

사랑에 대한

열린 마음으로

나는 시간 속을

떠돌아 다닌다.

엠(M)

낡은 생각의
변화를 위한 확언

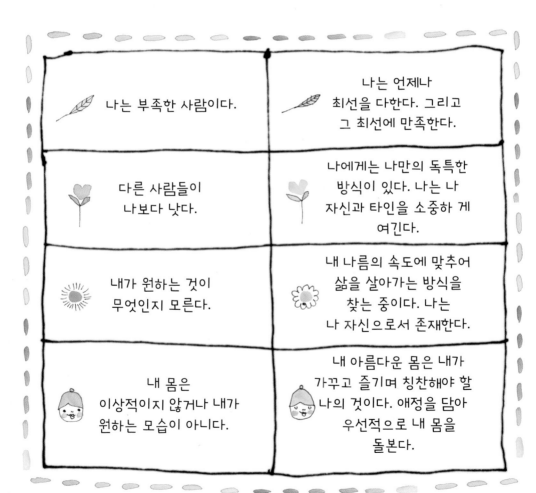

나는 부족한 사람이다.	나는 언제나 최선을 다한다. 그리고 그 최선에 만족한다.
다른 사람들이 나보다 낫다.	나에게는 나만의 독특한 방식이 있다. 나는 나 자신과 타인을 소중하 게 여긴다.
내가 원하는 것이 무엇인지 모른다.	내 나름의 속도에 맞추어 삶을 살아가는 방식을 찾는 중이다. 나는 나 자신으로서 존재한다.
내 몸은 이상적이지 않거나 내가 원하는 모습이 아니다.	내 아름다운 몸은 내가 가꾸고 즐기며 칭찬해야 할 나의 것이다. 애정을 담아 우선적으로 내 몸을 돌본다.

지금까지 무수히 많은 실수를 저질렀다. 이제 와서 다시 시작해야 하는 이유는 무엇인가?	나를 무조건적으로 사랑한다. 그리고 매번 새롭게 시작하는 나 자신을 응원한다.
나는 밝게 빛날 수 없다.	나는 빛날 자격이 있으며 타인 또한 그러길 바란다.
나는 휴식을 취할 수 없다.	나는 매일 휴식과 휴양을 취한다. 휴식을 취할 때는 나의 모든 것 그리고 내가 하는 모든 일에 진정한 기쁨을 만끽한다.
나는 좋은 사람이 아니다.	나 자신을 잘 안다. 선한 마음을 가졌으며 그것을 나 자신과 타인을 행복하게 만드는 데 사용하고 싶다.
나는 삶을 제대로 살고 있지 않다.	내 삶을 용기 있게 살아간다. 변함없는 친절을 통해 평화와 균형을 찾는다.
나는 스스로를 자랑스럽게 여길 자격이 없다.	내가 성취한 모든 것들을 확인하고 축하한다. 나에게는 스스로를 인정할 자유가 있다.

나는 당신을 놓아 준다.

나는 당신을 용서한다.

나는 당신을 사랑한다.

엠(M)

거울아, 거울아!

연구에 의하면 21일(또는 3주)의 시간은 긍정적이고 새로운 변화가 일어날 수 있는 효과적인 기간이다. 변화가 일어나면 그것을 유지하기 위해 스스로를 향한 애정 어린 친절이 필요하다. 지금부터 21일 동안의 간단한 실천 과제를 소개하고자 한다. 스스로를 향한 친절 속에서 성장하는 데 도움을 줄 것이다. 바라건대, 실천 과제를 이행하고 그것을 즐기며 그로 인해 당신의 삶에 변화가 일어나면 좋겠다.

매주 이 실천 과제를 실천할수록 이상하다는 느낌은 줄어들며 잘 적응해 나갈 것이다. 그러니 부디 첫째 주의 처음 이틀 동안 끈기 있게 이행하기를 바란다. 나 또한 처음에는 이렇게 거울을 들여다보는 것이 편하지 않았다. 그러나 3주가 지났을 때 난생처음인 것처럼 나 자신을 바라볼 수 있게 되었다. 이 실천 과제를 수행하는 당신에게 기쁨이 있기를 기원하며 응원한다.

첫째 주에는 거울을 볼 때마다 다른 어떤 것, 어떤 말이나 생각보다 앞서 자신을 향해 인사를 건네라. 인사를 건넨 직후의 어색함 때문에 잠깐의 침묵이 흐를 수도 있다. 그러나 기분 좋게 큰 숨을 들이쉬고 하루의 일과를 이어가면 된다. 앞으로 7일 동안 자신에게 인사하기를 실천하라. 거울이나 유리창에 비친 자신의 모습을 볼 때마다 "안녕!"이라고 인사를 건네고 크게 숨을 들이쉰 후에 하던 일을 계속하는 것이다.

둘째 주에는 거울을 볼 때마다 다른 어떤 것, 어떤 말이나 생각보다 앞서 자신의 이름을 부르며 인사를 건네라. "○○야, 안녕!" 이렇게 말이다. 그런 다음 당신의 눈을 똑바로 바라보라. 인사를 건넨 직후 어색해서 잠깐 침묵이 흐르거나 혹은 거울 속 자신의 눈을 똑바로 바라보지 못할 수도 있다. 그렇더라도 크게 숨을 들이쉬고 가볍게 미소를 지은 다음 하루의 일과를 이어가면 된다. 앞으로 7일 동안 실천해 보라. 거울이나 유리창에 비친 자신의 모습을 볼 때마다 "○○야, 안녕!"이라고 인사를 건네고 자신의 눈을 마주 본 다음 숨을 크게 들이쉬고 가볍게 미소를 지어준 후 하루의 일과를 이어가는 것이다.

셋째 주에는 거울을 볼 때마다 다른 어떤 것, 어떤 말이나 생각보다 앞서 "○○야, 안녕, 사랑해!"라고 말해 보라. 스스로에게 이런 인사를 건넨 직후 주체할 수 없는 어색함 때문에 잠시 침묵이 흐를지도 모른다. 잠시 자신의 눈을 똑바로 바라본 다음 숨을 크게 들이쉬고 미소를 지어보라. 앞으로 7일 동안 거울이나 유리창에 비친 자기 모습을 발견할 때마다 이렇게 실천하는 것이다. 자기 모습을 발견한 즉시 "○○야, 안녕, 사랑해!"라고 말하고 자신의 눈을 바라본 다음 숨을 크게 들이쉬고 가볍게 미소를 짓는다. 준비를 마쳤다면 지금부터 시작해 보라.

일기 쓰기 도움말

나에게 친절이란 ㅇㅇ이다.

친절은 내가 ㅇㅇ라고 느끼게 만든다.

나는 지금 ㅇㅇ함으로써 스스로를 향한 친절을 실천하고 있다.

있는 그대로의 내 모습 중에서 내가 가장 좋아하는 것은 ㅇㅇ이다.

내가 성취한 것 중에서 스스로도 자랑스러운 것은 ㅇㅇ이다.

내가 스스로 높이 사는 나의 본질적 측면은 ㅇㅇ이다

내 몸에서 내가 사랑하는 부분은 ㅇㅇ이다.

내가 사랑하는 내 삶의 일부는 ㅇㅇ이다.

나는 ㅇㅇ함으로써 나 자신에게 보다 친절할 수 있다.

나는 ㅇㅇ함으로써 나 자신을 보다 참을성 있게 대할 수 있다.

일상 속에서 내가 더 많이 경험하고 싶은 생각과 감정은 ㅇㅇ이다.

긍정적 다짐

친절은 나를 기분 좋게 만든다.

친절은 나의 기쁨을 더 크게 한다.

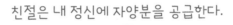

친절은 내 정신에 자양분을 공급한다.

친절은 좋은 에너지를 증가시킨다.

스스로 돌보는 것은 곧 자신을 사랑하는 것이다.

나는 아름다운 나의 몸에 성장을 촉진하고
양분을 공급한다.

—

나의 정신과 몸은 완벽한 조화를 이루며
멋지게 협력하고 있다.

—

나에게는 스스로에게 온갖 종류의 즐거움으로 가득찬,
진정으로 만족스러운 삶을 살아갈 자유가 있다.

—

나는 매일 내가 필요로 하는 것들을 충족시키는 데
시간을 할애한다.

—

나는 차가운 이성에서
따뜻한 감성으로 쉽게 전환할 수 있다.

명상

이제 두 눈을 감고 나를 위해 잠시 조용한 시간을 보낸다.

깊게 그리고 천천히 숨을 들이쉬고 내쉰다.

해안으로부터 멀어졌다가 다시 돌아오는 파도와 같은 호흡을 지켜본다.

느리고 깊은 호흡을 통해 정신은 안정되고 고요해 진다.

깊게 숨을 들이쉬며 친절할 때 내 기분이 좋아짐을 느낀다.

숨을 내쉬며 친절이 나에게 기쁨을 선사한다고 생각한다.

다시 한번 숨을 깊게 들이쉬며 나는 친절을 통해 휴식을 취한다.

천천히 숨을 내쉬며 내가 꽃을 피울 수 있도록 허락한다.

숨을 들이쉬며 부드러움으로 나 자신을 존중한다.

숨을 내쉬며 나는 내 몸이 나를 사랑하고 있음을 알고 있다.

숨을 들이쉬며 나는 친절의 바다를 헤엄친다.

숨을 내쉬며 마침내 나는 평화롭다.

2장

친절의 연결성

인생을 바꾸는 행동하는 친절

　　사소한 친절이 한순간에 인생을 바꾸어 놓을 수 있다. 우리는 누군가의 하루를 완전히 바꾸어 놓을 수 있는 자신의 능력을 과소평가한다. 격려의 말 한마디, 다정한 윙크나 미소, 사랑을 담아 전하는 차 한 잔, 사려 깊은 답례, 공감하는 청취, 적절한 칭찬, 도움의 손길, 따뜻한 포옹, 배려심 있는 깜짝 선물, 혹은 무심히 행하는 친절로 누군가의 하루가 행복해질 수도 있다.

　　테레사 수녀는 "가는 곳마다 친절을 널리 퍼뜨리세요. 당신에게 오는 모든 이가 떠날 때 더 행복하게 하세요."라고 했다. 아무리 작은 친절이라도 무의미한 것은 없다. 감사의 몸짓 혹은 타인에 대한 배려는 어떤 경우에도 사소할 수 없다. 친절한 말과 행동을 실천할 기회를 절대 놓쳐선 안 된다.

　　생전 처음 보는 사람, 혹은 친구나 사랑하는 사람을 바라보며 '매우 잘해 내고 있구나!', '아주 친절한 사람이구나!', '정말 아름답구나!'라고 생각하는 순간이 있을 것이다. 이렇게 아름다운 생각을 떠올리면서도 그것을 말로 내뱉지 않는다. 그러나 친절은 우리에게 좋은 말은 소리 내어 말하라고 한다. 큰 기쁨과 자신감, 평화가 주변으로 퍼져나가도록 말이다. 타인의 노력과 아름다움, 성취, 재능을 인정한다는 것은 그 사람을 존중하고 동기를 부여하는 것이다. 마찬가지로 스스로에게 친절할 때 우리는 다시 자신에게로 회귀하는 사랑을 감지하며 눈부신 치유의 빛이 내면을 비추고 있음을 느낀다. 모든 사람이 서로에게 애정 어린 찬사를 보내고 친절한 말로 서로에 대한 칭찬을 아끼지 않았다면 기쁨 없이 경쟁과 비교만 가득한 일상의 삶에 종지부를 찍었을 것이다.

철학자 플라톤(Platon)은 모든 거래에서 친절하라고 했다. 나보다 타인이 더 큰 고통을 겪고 있는 경우가 많으며 타인은 언제나 나의 배려와 존중을 받아 마땅하다고 말했다. 사랑하는 사람부터 동료 혹은 전혀 모르는 사람들에게까지 친절하게 도움의 손길을 내밀어라. 그 사람에게 기분 좋은 하루를 선사할 수 있는 유일한 사람이 바로 당신일 수도 있지 않은가! 당신의 친절은 그들에게 생각보다 더 잊을 수 없는 경험일 수 있고 더 큰 영향력을 미치게 될 수도 있을 것이다.

나에겐 정원사인 친구가 있다. 늘 흙을 만지는 친구의 손톱 밑은 까맣게 때가 끼어 있고 손바닥은 거칠다. 친구는 나에게 종종 자신의 손을 바라보며 삶이 얼마나 고달픈지 한탄스럽다고 말했다. 친구와 함께 쇼핑하러 간 어느 날의 일이다. 한 여성분이 친구의 손을 보더니 무척 아름다운 손을 가졌다고 말해 주었다. 많은 스토리를 전해 주는 손이라고 하면서 말이다. 타인의 친절을 오롯이 경험한 그 순간에 친구는 비로소 자신의 손을 아름답게 볼 수 있었다. 누군가가 기꺼이 시간을 내어 친절한 생각을 직접 전해 주자 내 친구는 자신의 진가를 알아보게 되었다. 자기 모습 중에 걱정스럽거나 부정하고 싶어 무시하거나 혐오스러워하는 부분이 있더라도 스스로에 대한 친절로 그것을 사랑하고 포용할 수 있다.

일상생활 속의 친절은 타인의 스토리와 성취, 꿈에 대한 응원과 찬사를 포함한다. 누구나 이 세상에 존재하는 이유가 있다. 그리고 세상은 우리가 모두 나누어도 좋을 만큼 충분히 넓다. 타인의 발전이 나의 번영을 상쇄되는 것은 아니다. 타인에게 자신이 인정받고 싶은 것과 똑같이 타인에게 친절하고 찬사를 보내라. 타인의 이득을 자신의 것인 양 축하하고 격려와 기분 좋은 말을 아끼지 마라. 그리고 그들의 성공으로부터 영감을 얻어라. "비교는 기쁨을 훔쳐 가는 도둑이다."라고 했다. 언제나 '나다운 모습'이기를 바란다. 스스로를 사랑하고 보살피며 나와 세상을 공유하는 이들 모두가 그렇게 하도록 기운을 북돋워 주어라.

한순간은
하루를 바꿀 수 있고,
하루는 한 사람의 인생을
바꿀 수 있다.
그리고 한 사람의 인생은
세상을 바꿀 수 있다.

석가모니(Buddha)

친절 그리고 관계를 만드는 시간과 관심

인간관계는 살아 숨 쉬는 것이다. 모든 일이 그렇듯이 인간관계 또한 애정 어린 노력이 필요하다. 관심과 시간, 배려를 허락하는 것이 곧 인간관계가 융성해질 수 있는 최고의 기회를 주는 것이다. 바쁘고 급변하는 세상에서 우리는 주위를 산만하게 만드는 수많은 것들과 마주한다. 자기 자신과 사랑하는 이들로부터 끊임없이 우리를 떼어놓는 것들 말이다. 인간관계에 있어 친절이란 유의미한 연결을 만들고 대화를 나누며 경험을 공유할 수 있는 귀중한 시간을 함께 보내는 것까지 포함한다. 자신과 삶을 공유하는 사람들을 위해 지금 이 순간 여기에 존재하지 않는다면 모든 것을 놓치는 것이다.

건강한 관계를 유지하고 즐기는 데 꼭 필요한 것은 친절의 실천이다. 이성과의 관계에서 작은 친절은 친밀감을 싹트게 하고 사랑의 불꽃이 사그라지지 않게 한다. 우정이나 가족 관계에서 실천하는 작은 친절은 그들과 내가 서로 연결되어 있으며 그들로부터 내가 인정받고 있음을 느끼게 해준다. 마찬가지로 비즈니스 관계에서도 친절은 강력한 힘을 발휘한다. 친절은 협력을 보다 쉽게 하고 서로서로 마음 편히 대할 수 있도록 한다.

친절하고 즐거운 대인관계에 있어 쌍방의 노력은 필수적이다. 어느 한쪽이 일방적으로 베풀기만 한다면 그 관계는 지속할 수 없다. 반면, 서로 노력하며 상대방을 지지하고 그 사람의 삶을 풍요롭게 만드는 것으로부터 즐거움을 찾는다면 그 관계는 오래 유지될 수 있다. 진정한 사랑과 위안, 기쁨은 상호 간의 존중과 친절, 보살핌에 그 뿌리를 둔다.

자신의 행동과 태도에 대한 세밀한 관찰은 타인과 행복하고 건강한 관계를 만드는 핵심 재료이다. 상대방에게 불친절하거나 인색하면서 친절한 대우를 기대할 수는 없지 않겠는가? 어떤 관계이든 평화롭고 행복한 관계로 발전하고자 한다면 내가 타인에게서 찾고자 하는 그것을 스스로가 먼저 갖추어야 한다. 타인에게서 찾고자 하는 것이 사랑과 관심, 존중, 평화, 친절이라면 내가 먼저 적극적으로 사랑하고 관심을 기울이고 존중하며 평화롭고 친절한 존재가 되는 것부터 시작해야 한다는 말이다.

자신의 주변에 넉넉하게 친절을 뿌려 놓으면 우리가 관계를 통해 추구하는 사랑과 유대감이라는 마법 같은 느낌이 만들어 진다. 이런 맛깔스러운 느낌이 유의미한 삶의 핵심이자 삶을 더 풍요롭고 충만하게 하며 흥미롭게 하는 것이다. 실제로 친절은 우리 인생 전반에 걸쳐 삶의 질을 향상하고 유대감을 통해 영감을 주며 관계 속에서 사랑을 확장한다.

관계 속에서 친절의 방법은 많다. 사려 깊고 관대한 말과 행동, 기쁨과 감사의 표현, 그리고 자신에게 주어진 가장 귀한 선물인 시간과 관심을 서로에게 제공하는 것이 친절이다. 타인과의 일상적인 관계 속에서 소소한 친절을 만끽할 수 있는 무한하고 창의적인 방법들도 많다. 이 책 112~129쪽에서 영감을 얻기 바란다.

친절한 말을 할 수 있는 기회를

절대 놓치지 마라.

윌리엄 새커리(William Makepeace Thackeray)

관계를 위한 친절과 경청

친절한 의사소통은 존중과 평화, 기쁨이 자라나게 만든다. 행복하고 건강한 관계에 없어서는 안 될 재료들이다. 말투와 단어의 선택에 있어 친절해야 한다는 것은 우리가 무엇을 말하는가 못지않게 그것을 말하는 방식 또한 중요하다는 사실을 일깨워 준다. 우리가 내뱉은 말이 용기를 북돋워 주는 말이건 험담이건 상관없이 누군가의 기억 속에 얼마나 오랫동안 남아 있을지 장담할 수 없다. 불친절한 말과 행동은 인간관계에서 불만과 부조화를 양산하는 데 반해 친절한 말과 행동은 신뢰와 자존감 그리고 서로 간의 연결이 싹트게 만든다. 그러나 인간관계에는 말보다 더 중요한 특별한 것이 있다. 바로 경청이다.

인간에게는 두 개의 귀와 한 개의 입이 있고 그 비율에 맞게 사용되어야 한다는 말을 한 번쯤은 들어봤을 것이다. 말하는 것보다 두 배로 듣는 것에 노력을 아끼지 않아야 한다는 의미다.

친절을 실천할 때 우리는 타인을 진심으로 배려하는 법을 배운다. 그리고 자연스럽게 보다 나은, 보다 몰두하여 이야기를 듣는 사람이 된다. 타인이 자신의 속내를 표현할 때 그것을 경청하기 위해 자신의 시간을 기꺼이 할애하는 청자 말이다. 적극적으로 경청한다고 해서 반드시 반응을 보이거나 해결책을 제시할 필요는 없다. 사실상 말하는 당사자가 스스로에게 필요한 대답을 찾는 데 최적화된 존재임을 발견하는 경우가 대부분일 것이다. 해답을 찾아주기 위해서가 아니라 그저 들어주기 위해 열린 마음과 정신으로 경청하는 것이다. 혹여 나중에라도 의미 있는 방법으로 그 사람을 응원할 수

있다는 생각이 들면 정중히 실행에 옮길 수도 있을 것이다.

연민과 친절의 자세로 경청하는 것은 고차원적 사랑이 작동 중이라는 의미다. 진정한 친절을 베풀 때 삽시간에 누군가의 삶을 바꾸어 놓을 만한 힘이 작용하며, 우리는 그것을 과소평가해서는 안 된다. 이것은 자신이 너무나 잘 아는 사람(너무나 쉽게 진심으로 들어준 것을 간과하게 되는 사람)에게도, 혹은 삶의 여정 중에 마주치게 되는 전혀 모르는 사람에게도 똑같이 적용된다. 따뜻한 마음과 애정으로 타인의 관심사를 경청하는 것은 그 사람으로 하여금 자기 자신에 대한 가치 있는 관찰과 연결을 형성하도록 도움을 주는 것이다. 경청에 내포된 친절은 상대방으로 하여금 자신에 대한 이해를 증진하고 스스로 돌볼 수 있도록 힘을 실어준다.

친밀하고 낭만적인 관계에서부터 친구와 가족, 삶의 여정을 함께 걸어가는 동료와의 유대감에 이르기까지 우리가 맺고 있는 다양한 관계 속에서 주의 깊은 경청을 통해 배우고 성장한다. 반대로 타인이 나의 말을 진지하게 경청한다면 내가 인정받고 있으며 누군가가 나를 바라봐 주고 이해받는 것이 얼마나 가슴 벅찬 감동을 안겨주는지 비로소 알게 될 것이다.

친절한 말은
자신감을 만든다.
친절한 생각은
지적인 심오함을 만든다.
나눔의 친절은
사랑을 만든다.

노자(Lao-Tzu)

관계와 건강

친절은 사람을 연결한다. 친절을 통해 단절과 차이가 아닌 공유할 수 있는 경험과 공통의 인간성을 인식한다. 친절은 타인과 나를 이어주는 유대감을 만들고 보다 위대한 무언가의 일부라는 느낌을 갖게 해 소속감을 준다. 친절을 실천함으로써 우리는 타인에게 베풀고 공유할 수 있는 것에 집중하며 자신의 삶은 물론 타인의 삶에 행복을 가져다주는 자신의 능력을 확인한다. 그렇기에 친절은 외로움을 해결할 해답이다. 특히, 과거와 비교해 훨씬 연결된 것처럼 보이지만, 그 어느 때보다 단절된 요즘에는 더욱더 그렇다.

현대인이 사용하는 다양한 기기는 누군가가 언제든 나를 찾을 수 있고 내가 즉각적으로 타인과 연결되도록 하지만, 현실적으로 의미 있는 연결은 현저히 감소하였다. 사람들은 그 어느 때보다 슬프고 외롭다. 이와 같은 단절에 직면했을 때 사소한 말 한마디 혹은 친절한 행동 하나가 치유와 단합의 힘을 갖고 있다는 사실이 커다란 위안이 아닐 수 없다.

타인과의 연결성은 자신의 건강과 장수에 영향을 미친다. 음식이나 물, 집 등이 삶을 영위하는데 반드시 필요한 것처럼 사랑하는 사람과의 관계, 가족, 친구, 지역 사회에 대한 소속감 또한 우리의 건강에 큰 영향을 미친다. 우울한 감정을 양산하고 생기를 감소시키며 면역 체계를 약화하는 외로움과 고독은 심각한 건강 문제를 초래한다. (상당수의 주민이 백 세를 훌쩍 넘기도록 장수하는) 지구상에 남아 있는 몇몇 '청정 구역'에서 그 핵심 요인으로 인정받는 것이 바로 관계이다. 모두 함께 노래하고 춤추며 정원

을 가꾸고, 음식을 만들고 재정과 자원을 공동으로 관리하는 것이 그들에게는 일상적인 일이다. 그런 지역 사회의 구성원들은 목적의식과 삶의 의미가 충만하다. 청년도 노인도 동등하게 나름의 역할이 있고 가치 있으며 인정받는다.

친절의 기술은 도덕적인 생활 방식일 뿐만 아니라 건강하고 관대한 지역 공동체이자 긍정의 삶을 가능케 하는 것이기도 하다. 타인이 나를 배려하고 생각하며 포용하고 내가 최선을 다하도록 돕고자 할 때 그들 안에서 나의 개인적인 그리고 집단적인 스트레스와 고통과 외로움은 감소한다. 삶이 주는 즐거움을 함께 공유하며 보다 큰 행복과 조화를 체험하고 동기를 부여 받는다. 즐거운 관계는 우리의 젊음과 목적의식, 생기를 유지하게 한다. 친절의 연결성으로 인해 우리의 생명력과 면역력, 심리적, 육체적 건강이 증진되는 것은 당연한 일이다. 친절을 주고받으며 치유와 깊은 감동을 얻는다는 점에서 친절은 우리가 가진 최대의 관심을 기울여도 좋을 만한 기술이다.

친절과 사람 사이의 연결

친절을 베풀 때마다 우리는 이 세상의 건강과 조화에 기여한다. 저마다 보다 친절한 삶을 실천하고 타인을 존중한다면 이 세상은 사뭇 달라질 것이다. 미소를 짓거나 누군가에게 자리를 양보하는 일, 누군가의 안부를 묻거나 도움의 손길을 내미는 일, 누군가와 대화를 먼저 시작하는 일, 혹은 가진 것 없는 누군가를 포용하는 일과 같은 소소한 친절은 자신의 삶에, 그리고 사람과 사람 사이에 믿음을 회복시키는 강력한 행동이다.

어떻게 하면 친절로 사람과 사람 사이를 다시 연결할 수 있을까? 모든 관계에서 평화와 조화를 우선하여 선택함으로써, 그리고 타인에 대한 세심한 관심과 그들과 함께하는 소중한 시간에 온전히 몰두함으로써 친절을 키워갈 수 있다. 경쟁이나 비판 혹은 차이가 아니라 친절과 화합에 집중하는 것이다. 끊임없는 분주함 대신 휴식, 휴양에 대한 공동의 요구에 중점을 두고 서로에 대한 응원을 아끼지 않으며 자신이 걸어가는 길을 편안하고 간소하게 꾸려 가야 한다. 공간과 시간을 초월해 매체를 통해 연결되는 것뿐만 아니라 지금 이 순간 현실적으로 의미 있고 친밀한 관계를 만드는 것으로도 친절을 통한 성장이 가능해 진다. 문자 메시지를 보내는 대신 직접 전화 통화를 하고, 이메일에 전적으로 의존하는 대신 가끔 손편지를 써보는 것도 나쁘지 않다. 누군가를 직접 찾아가 얼굴을 마주하고 그들과 함께하는 진정한 '대면의 시간'을 경험하는 것은 어떤가?

서로의 눈을 바라보는 일은 사람과 사람 사이를 연결하는 심오한 방법이다. 어쩌면 우리는 직접적인 시선의 접촉을 두려워하게 된 것인지도 모른다. 누군가의 시선이 그저 불편하고 불안하기 때문이다. 눈은 영혼의 창이라고 말한다. 타인을 온전히 바라보며 타인의 눈에 비친 자기 모습을 발견하는 것은 압도적이고 감상적인 경험일 수 있다. 그런 경험을 위해서는 시선을 직시하고자 하는 용기가 반드시 필요하다. 애정 어린 친절로 서로의 눈을 바라보는 것은 용감하고 관대한 행동이자 변화를 만들어 내는 행동이다.

사람과 사람 사이가 다시 연결되는 방법은 간단하다. 그것을 찾는 일은 어렵지도 않다. 우리가 누구든 혹은 어디에 있든, 젊거나 혹은 늙었거나, 독립적이거나 혹은 취약하거나, 기분이 좋거나 혹은 나쁘거나 상관없이 누구에게나 친절은 필요하다. 인정과 연결은 건강과 행복을 위한 필수 요소들이다. 언젠가 시간이 나면, 여분의 에너지가 있으면, 더 많은 돈이 있으면, 혹은 더 큰 영감을 얻으면 그때 타인과의 연결 혹은 재연결을 위한 시간을 할애할 것이라는 생각은 금물이다. 그때야 비로소 타인과 나눌 수 있을 것이라는 생각은 옳지 않다. 진정으로 행동할 수 있는 유일한 시간은 바로 지금, 바로 여기, 바로 이 순간이다. 과거는 이미 지나갔고 미래는 결코 보장될 수 없는 시간이다. 바라건대, 너무 바쁘다는 핑계로 혹은 정작 중요한 것을 볼 수 있는 눈을 잃었다는 이유로 삶을 혹은 사람을 헛되이 지나쳐 버리지 않았으면 한다. 자신의 영감에 따라 현재의 삶에 온전히 존재하라. 그리고 얼마나 더 많은 생기를 느낄 수 있는지 확인하라.

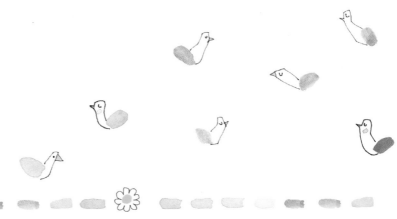

친절한 것은
올바른 것보다 중요하다.
대부분의 경우,
사람들에게 필요한 것은
우수한 머리를 가진 자의
언변이 아니라
특별한 마음을 가진 자의
경청이다.

석가모니(Buddha)

도전 앞에서의 친절

　불친절 혹은 좌절에 직면한다면 그런 경우에는 더더욱 친절이 필요하다. 친절은 다른 무엇보다 스스로를 위한 마음의 평화와 치유를 위한 선택, 다시 말해 각자의 방식을 완화하는 행위일 뿐만 아니라 타인을 놓아주고 그들이 겪을 더 큰 고통을 예방하는 행위이기 때문에 그렇다.

　오랫동안 이어진 분쟁을 일시에 중단하도록 할 방법으로 예상치 못한 친절만 한 것은 없다. 적어도 친절은 절실히 필요로 했던 사람과 사람 사이의 연결을 다시 구축하는 수단이 될 수도 있다. 친절에 대한 방어 수단은 없다. 반박할 수 없다는 말이다! 친절은 우리를 나약하게 만들지 않는다. 정반대로, 더 강하고 침착하며 보다 평화로운 인간으로 거듭나도록 만든다.

　누군가에게 불친절할 때 혹은 타인의 불친절을 받아들이는 수용자의 입장이 될 때 우리는 그 불친절의 저변에 무엇이 있는지 확인할 필요가 있다. 불친절은 빙산의 일각과 같다. 그 밑에는 엄청난 고통이 차갑고도 견고하게 자리 잡고 있을 것이기에 하는 말이다. 이런 깨달음을 얻고 보면 불친절한 사람을 향해 친절과 연민의 감정을 느끼는 것도 가능할 것처럼 보인다. 이와 같은 통찰력은 즉각적으로 우리의 관점을 변화시키고 삶의 경로를 수정할 수 있게 한다. 대인관계의 균열을 해결하고자 할 때 응징은 곧 끝이라는 생각, 혹은 '친절하기 위해서는 냉정해야 한다.'라는 식의 그릇된 판단으로 접근한다면 희망은 없다. 진실은 간단하다. 친절하기 위해서는 친절해야 한다.

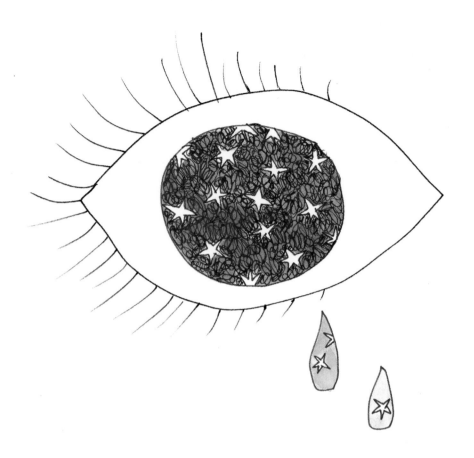

눈에는 눈으로 대응하는 것은
온 세상을 눈멀게 만드는 것이다.

마하트마 간디(Mahatma Gandhi)

친절하기 위해서 엄청난 내면의 힘이 필요할 때도 있다는 것은 두말할 필요도 없다. 상처를 입었거나 부당한 취급을 받았을 때 그와 똑같은 불친절로 대응하고 싶은 생각이 들 수도 있다. 그러나 잘못된 행동을 또 다른 잘못된 행동 위에 더하면 결국 문제만 악화시킬 뿐이다. 눈에는 눈이라는 식의 대응은 온 세상을 눈멀게 만든다는 마하트마 간디의 가르침도 있다. 우리는 매번 친절과 품위, 진실성을 선택함으로써 더 편안하고 기쁘게 삶을 헤쳐나갈 수 있다. 특정 유형의 난관에 봉착했을 때는 용서나 연민의 감정이 껄끄럽거나 불가능한 선택인 것처럼 보일 수도 있다. 그러나 불친절하거나 용서하지 않는 쪽을 선택한다면 자기 자신에게 더 큰 상처를 주고 더욱 지치게 할 뿐이다. 반면, 긴장과 유감스러운 감정을 내려놓고 사랑의 감정을 억제하도록 만드는 야단스럽고 세속적인 과시욕을 넘어선다면 그것이 곧 자신은 물론 타인을 향한 친절을 실천하는 일이다.

친절하기 어려운 상황이라면 불친절하지 않은 쪽을 선택하면 그만이다. 잠시 한숨을 돌리고 곰곰이 생각하며 긴장을 완화하는 것이다. '분노의 순간'에 자신을 위해 마련한 공간 속에서 나름의 방식으로 감정을 느끼고 균형과 안정을 찾도록 해야 한다. 탈진 혹은 환멸에 직면했을 때에도 이와 같은 온화한 접근법이 친절에 접근하는 매우 유용한 방법이다. 난관에 봉착했을 때 친절을 선택하는 것은 간단하면서도 매우 강력하며 변화를 만드는 용기 있는 행동이다. 나아갈 방향을 보다 수월하고 환하게 한다. 두려움과 분노가 낳은 말과 생각, 행동은 거의 언제나 후회만을 남긴다. 그러나 사랑과 친절에서 비롯된 말과 생각, 행동은 절대 후회스럽지 않을 것이다.

친절과 솔직함

친절은 솔직해야 한다. 타인을 인정하는 것뿐만 아니라 수용하고 존중해야 한다. 필연적으로 다를 수밖에 없는 나름의 신념과 감정, 생각, 독특한 성격, 아이디어 속에서 풍요로움을 발견한다는 의미다.

나와 의견을 달리하거나, 태도나 신념을 공유하지 않거나 혹은 자신과 다르다는 이유만으로 타인에 대해 불친절하거나 비판하는 것은 자신의 내면에 존재하는 소심함의 민낯을 드러내는 일이다. 이런 소심함에는 그럴 수밖에 없는 나름의 사연이 있을 것이다. 그리고 자기 자신으로부터의 이해와 자기 연민 그리고 자발적인 변화가 필요할 것이다.

스스로를 향한 불친절한 생각을 가로채 변화시키는 법을 배울 수 있는 것처럼, 마치 마음의 정원에서 잡초를 제거하듯이 타인과의 관계에서도 불친절한 생각을 뽑아내는 방법을 배울 수 있다. 타인에 대한 불친절한 생각이나 말 혹은 행동을 취하는 자신을 발견하는 즉시 사과하고 용서를 구하자. 잠깐 멈춰 서서 숨을 한 번 들이쉬고 이렇게 말하기만 하면 된다.

"미안합니다. 부디 용서를 구합니다."

이렇게 겸허하고도 삶을 변화시키는 행위는 보다 강하고 더욱 충만한 관계를 만들며 그로 인해 우리는 나약하지만 용감할 수 있다. 또한, 이것은 치유의 힘을 가진 고차원적 사랑의 또 다른 표현인 '친절의 기술'의 전형적인 사례가 된다.

미안합니다.
나 또한 평화를 갈망합니다.
나는 당신을 더 잘 이해하고
사랑하기를 원합니다.

감사합니다.
그러나 나는 스스로를 보살핍니다.
'예'라고 말할 수는 없지만,
당신의 안녕을 기원합니다.

내 눈에 당신의 상처가 보입니다.
어떻게 하면 당신에게 평안을 줄 수 있을까요?
부디 내가 당신을 얼마나 소중히 여기는지
보여줄 수 있게 해주세요.

인내심 있는 친절

친절한 삶은 인내심을 길러 준다. 인내심이 커진다는 것은 곧 보다 행복한 삶을 의미한다. 우리 삶에서 인내심이 필요한 순간은 무수히 많다. 몸이 불편하거나 회복 중일 때, 줄을 서서 기다릴 때, 최종 결정을 기다리거나 누군가 혹은 무언가를 기다릴 때, 실망했을 때, 지체가 되거나 불편을 겪을 때가 그런 순간이다. 어떤 상황에서든 친절은 우리에게 절실히 필요한 이완과 평화를 가져다준다.

통화 대기 중이거나 줄을 서서 기다리는 동안 자신의 조급증으로 점점 흥분을 고조시키는 대신 마찬가지로 줄을 서서 기다리는 다른 많은 사람을 떠올려 보는 것은 어떨까? 그들이 그날 해야만 하는 모든 일, 그들이 지금까지 삶을 살아오며 했던 모든 것, 그들이 느껴야만 하는 모든 감정, 그들이 지켜야만 하는 약속, 그리고 그들의 내면에 품고 있을 꿈들을 생각해 보자는 말이다. 누구나 각자의 자리가 있으며 한 사람의 시간은 다른 누군가의 시간 못지않게 중요하다. 인내심을 발휘한다는 것은 스스로를 향한 친절인 동시에 자신과 세상을 공유하는 타인을 향한 친절이기도 하다.

일상에서 맞닥뜨리는 실망이나 지연 혹은 도전을 인내심을 발휘할 기회로 재구성할 수 있다. 다음에 다시 기다려야 할 상황에 부닥친다면 주의를 다른 곳으로 돌리는 임시변통의 방책을 찾거나 기다리는 모든 순간을 새로운 자극으로 채우는 대신 잠시 들이쉬고 내쉬는 호흡에 집중해 보기 바란다. 우리는 화면을 스크롤하거나 이메일을 확인하며 정작 자기 자신으로부터는 멀어지면서 오락거리만을 추구하는 일에 너무나 익숙해진 나머지 자아와 온전히 함께할 성스러운 기회를 잃고 말았다. 이런 방식으로 친절을 실천하다 보면 머지않아 일상 속에서 '틈새'를 발견하게 될 것이다. 그리 많은 시간 혹은 인내심이 필요하지 않은 그 순간들이 바로 스스로를 반추하게 하여 속도를 늦추고 상상의 나래를 펴게 하는 훌륭한 기회가 될 것이다. 무엇보다 그 순간이 중요한 것은 애정을 기울여 자기 자신과 다시 연결될 기회라는 점이다.

연민의 감정과 친절

타인과 공감하는, 타인을 위한 감정적 능력, 즉 연민의 감정은 친절을 통해 성장한다. 흥미롭게도 '연민의 감정'이라는 단어에는 타인과 '함께 고통받는 것'이라는 의미가 포함되어 있고 타인이 겪고 있는 것을 감지하고 다정하게 그들과 함께한다는 의미도 있다. 진정한 연민의 감정은 인정이 넘치고, 무비판적이며 친절한 방식으로 나와 타인을 연결한다. 내가 누구이든 혹은 어디에 있든 상관없이 말이다. 더 많은 공포와 고통, 단절 그리고 무시와 불친절로 인한 몸부림에 기여하는 대신 애타적이고 온화하며 평화적이고 서로에 대한 존중을 실천하는 쪽을 선택할 수 있다.

"누군가에게 도움을 줄 생각이 아니라면 누구도 멸시하지 마라."

미국의 민권 운동가 제시 잭슨(Jesse Jackson)의 명언이다. 불친절한 생각이나 말 혹은 행동을 할 때마다 우리는 자기 자신은 물론 타인까지 나약하게 만든다. 그 대신 친절의 기술을 활용할 때마다 서로를 진정으로 바라보게 되고 용기를 북돋우며 서로를 지지하게 된다. 우리에게는 선택권이 있고 변화는 자기 자신으로부터 시작된다.

세상에는 우리가 이해할 수 없는 상황으로 인해 기쁨과 자유를 제한당하는 사람들이 있다. 매일 모든 사람에게 애정 어린 친절한 생각을 전하고 온화한 치유의 기도와 서로에 대한 응원을 제공하는 것은 우리에게 주어진 의무다. 사랑의 생각과 기도가 대세를 바꾸기에 역부족인 것으로 보일 수도 있지만 사실상 그것은 변화를 끌어낼 수 있는 심오하고 격렬한 행동이다. 그리고 그것은 모든 순간, 모든 사람이 어렵지 않게 취할 수 있는 행동이기도 하다.

자신에게 주어진 특권이 침해당하거나 타인의 고통에 직면했을 때 박탈감 혹은 위

협을 느끼는 것은 당연한 일이지만 그렇다고 슬퍼만 하는 것은 누구에게도 도움이 되지 않는다. 다른 사람이 슬프기 때문에 나도 슬퍼한다는 것은 집단적 고통을 가중하는 일이다. 연민의 감정은 상호 간의 깊은 공감을 가능케 하는 인간의 감정이다. 스스로에게 친절할 때, 고통받는 타인을 보고 적극적으로 연민의 감정을 느끼기 위해 자기 자신이 고통에 빠질 필요는 없다. 우리에게는 자신과 타인 그리고 세상에 사랑을 실천하는 충만하고 풍요로운 삶을 영위할 의무가 있다.

우리는 모두 연결되어 있다. 모든 장소의 모든 사람이 연결되어 있다는 말이다. 인간은 모두 동일한 우주적 물질로 구성되어 있다. 시인이자 학자인 루미(Rumi)는 전 우주가 각자의 내면에 있다고 했다. 우리는 과거와 현재, 미래 그리고 우주의 모든 비밀과 신비로 구성된 존재들이다. 우리는 엄청나게 다른 세상에서 다양한 삶을 살아가고 서로 다른 이유로 각기 다른 선택을 한다. 그런데도 우리는 모두 타고난 인간의 본성, 다시 말해 사랑받고 싶은 욕구를 공유한다.

각자 자신의 주변 사람들 사이에서 적극적으로 친절을 실천할 때 우리는 보다 넓은 의미에서 평화롭고 사랑이 충만한 해결 방안의 일부가 되는 셈이다. 우리는 고통에 직면했을 때 기운을 북돋우는 쪽을 선택한다. 일상 속에서 친절을 실천함으로써 자신의 내면은 물론 주변에서 연민의 감정을 키워간다. 우리는 각자 자신이 이 세상에 남긴 인상적인 모습에 책임이 있다. 모든 사람이 자신과 타인이 처한 상황에 연민의 감정을 품었다면 지금 우리가 알고 있는 이 세상은 근본적으로 변화했을 것이다.

각자 긍정적 변화를 만드는 개인으로서의 가치를 확인해야 한다. 매일 친절한 삶을 살고 친절을 투영하며 중요하지 않은 사람은 없다는 사실을 인지해야만 한다. 그리고 그것을 놓쳐서는 안 된다. 사랑을 실천해야 할 소명을 절대 잊지 말아야 하며 이 세상을 심오하게 변화시킬 수 있는 자신의 능력을 과소평가하는 것 또한 금물이다.

나의 종교는 단순하다.
사원도 필요하지 않다.
복잡한 철학도 필요 없다.
당신의 정신과 마음이
곧 사원이다.
당신의 철학은
간소한 친절이다.

달라이 라마 14세(Dalai Lama XIV)

친절한 행동

친절을 행동으로 옮긴 후 삶의 모든 영역에서 만발하는 꽃들을 지켜보라.

가정에서의 친절

솔선수범. 온갖 종류의 소소한 친절을 실천하여 가정 내에서 연결과 사랑, 웃음을 키워나가야 한다. 친절한 가정이 곧 행복한 가정이다. 설거지나 청소, 사랑하는 사람을 위해 차 한 잔을 만드는 일, 정성스럽게 잠자리를 준비하는 일과 같은 사소한 집안일을 다른 누구에게 미루지 말고 내가 먼저 이행하는 것이다.

아름다운 집 만들기. 누군가와 공간을 공유하고 있다면 함께 사는 모든 사람에게 청소와 정리정돈, 기분 좋은 공간을 만드는 데 일조하도록 요청하라. 모두가 즐길 수 있도록 꽃을 꽂아두거나 함께 음미할 수 있는 특별한 음식을 요리하는 것도 좋다. 반드시 화려하거나 과정이 복잡한 식사일 필요는 없다. 간소함이 최고이다. 조심스럽게 테이블을 준비하고 그것이 무엇이든 그 자리를 특별한 순간으로 만드는 것으로 충분하다. 가족들이 좋아하는 음식이나 활동, 음악, 책 혹은 영화가 어떤 것들인지 알고 싶을 수도 있다. 할 수 있다면 그것들을 가족과 함께 즐겨 보라. 그들에게 기쁨을 안겨주기 위한 노력을 아끼지 말아야 한다.

의사소통. 매일 사랑하는 사람이 하는 말에 온전히 집중하며 경청할 수 있는 시간을 할애하라. 주의를 분산시키는 모든 것들은 잠시 치워두고 비판이나 간섭 없이 적극

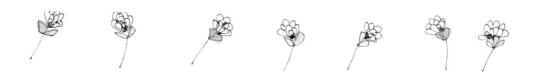

적으로 경청하라. 진정한 경청은 당신의 가정을 개방과 소통이 가능한 안전한 낙원으로 만들어 줄 것이다. 특별한 이유가 없더라도 함께 사는 동반자, 자녀 혹은 동거인에게 사려 깊은 사랑의 글귀를 아낌없이 전해 보아라. 자신의 애정이 담긴 친절을 실행에 옮기는 데 있어 먼저 앞으로 나서는 일에 결코 뒷걸음질 치지 말아야 한다. 귀가가 늦어지거나 계획된 일정에 변경이 발생하면 사랑하는 사람이 그것을 알게 하라. 그들이 당신을 믿고 있을 것이기에 하는 말이다. 사랑하는 사람들과의 명확한 의사소통은 전달하고자 하는 메시지 자체보다 더 중요하다. 의사소통을 위한 자신의 노력이 엄청난 차이를 만들며 가정 내에서 발생하는 불필요한 긴장과 부정적 생각, 고통을 피해 갈 수 있다는 사실을 깨달아야 한다.

사려 깊음. 한집에 사는 사랑하는 사람에게 진실하고 창의적인 칭찬의 말을 건네라. 특히, 그것이 그들을 기분 좋게 만든다는 것을 인지했다면 반드시 실천하라. 자신과 가장 가까운 사람들을 주목하고 그들이 마땅히 받아야 할 존중을 망각하는 데 절대

익숙해지지 말아야 한다. 이런 유형의 친절은 너무나 중요하다. 사랑하는 사람의 잠옷을 준비하는 일, 침대 곁에 한 잔의 물을 떠놓는 일, 한 잔의 차를 준비하고 그 사람을 깨우는 일은 간단하고 비용도 들지 않는 친절이며 가정에서 관용과 배려의 문화를 만들어 가는 방법이기도 하다.

돌봄. 아침에 일어났을 때 그리고 저녁에 잠자리에 들기 전에 서로에게 인사를 건네라. 자신과 사랑하는 사람을 위해 간단한 점심 도시락을 준비하는 것도 좋다. 특별한

날을 기념하기 위한 행복한 의식을 진행해 보라. 테마가 있는 저녁 시간을 준비하거나 특별한 축하 파티를 마련해 보는 것은 어떨까? 설사 기념할 만한 일이 딱히 없더라도 말이다. 그냥 삶을 축하하기로 선택하면 그만이지 않겠는가.

친절의 본보기. 가정은 사랑을 가르치는 학교와 같으며 자녀들은 서서히 친절을 학습한다. 자신은 물론 서로를 위한 친절하고 사랑이 넘치는 공간을 만드는 것이 가정에서 할 수 있는 최선일 것이다. 자녀의 학업 성취도나 성적표에 집중하기보다 그들의 일상 속에서 찾을 수 있는 친절과 아이들이 키워가는 창의적 아이디어 혹은 아

이들이 감사함을 느끼는 원인으로 관심의 대상을 바꿔볼 수 있다. 이 세상은 전반적으로 이미 충분히 압박받고 있다. 그러니 가정만큼은 우리의 아이들을 위한 평화로운 안식처가 되어야 한다. 아이들이 마음껏 뒹굴고 뛰어놀기도 하며 편안함과 자유를 느낄 수 있는 안식처 말이다. 결국, 보다 친절한 아이로 양육함으로써 보다 친절한 세상을 위한 길을 닦는 셈이다.

친절한 가정이
곧
행복한 가정이다.

엠(M)

학교에서의 친절

포용성. 학교는 불친절과 배타성의 장이 될 수 있다. 동시에 학교는 삶을 변화시키는 잊지 못할 친절이 성공적으로 실행에 옮겨질 수 있는 장소이기도 하다. 소속감을 느낄 필요가 있는 사람들에게 관심을 보이는 일에 특히 노력을 기울이고 그들을 따뜻하게 맞아들여야 한다. 누구도 외로움을 느껴서는 안 된다. 주변을 맴돌기만 하는 사람이 다른 누구도 아닌 자기 자신이라면 어떤 기분일지 상상해 보라. 항상 친절을 선택하라.

칭찬. 친구의 좋은 점에 관심을 보이고 칭찬과 찬사를 건네는 일에 특히 노력을 기울여야 한다. 타인의 타고난 능력과 노력에 축하를 아끼지 말아야 한다. 자신의 기쁨으로 인해 타인이 즐겁기를 바라는 것처럼 타인의 행복에서 즐거움을 찾도록 하라.

존중. 동료 학생들과 교사들에게 친절을 베풀어야 한다. 중요하지 않은 사람은 없다. 모든 사람의 시간과 감정이 중요하다.

진실성. 소문과 잡담은 묵살해도 좋다. 그런 불친절은 초월해야 한다. 그리고 한 걸음 비켜서서 보다 고차원적인 대화와 생각, 아이디어를 추구하라.

직장에서의 친절

솔선수범. 누가 요청하지 않더라도 타인을 위한 도움과 응원을 전하는 일에 먼저 앞장서라. 누구나 타인의 지지를 받음으로써 혜택을 누리지만 마음 편히 그것을 요청할 수 있는 사람은 그리 많지 않다. 관심을 기울이면 타인에게 친절을 베풀고 기쁨을 주는 소중한 기회가 많다는 것을 발견할 수 있다. 머지않아 그 사람들 또한 기꺼이 나를 응원해 줄 것임을 깨닫게 될 것이다.

연결. 우리는 매일 복도나 엘리베이터 안에서 함께 일하는 동료나 사내 지원 인력들을 마주치지만 서로 이름도 모른 채 지나친다. 서로 인사를 나누고 안부를 묻는 정도의 친절만으로도 자신은 물론 타인의 삶을 풍요롭게 만든다. 손에 든 전자 기기에서 눈을 떼고 고개를 들어 상대방의 눈을 마주 보며 인사를 건네는 것은 매우 간단하지만 엄청난 차이를 만드는 행동이다. 직장에서 다른 사람의 노력을 인정하고 진심이 담긴 칭찬을 건네거나 긍정적인 피드백을 제공하는 것은 친절을 통한 연결을 가능케 하는 또 다른 방법이다. 사람과 사람 사이의 연결성이 높은 일터는 언제나 더 행복하고 보다 성공적인 직장이다.

헌신. 열정과 헌신으로 직장생활을 하면 자신은 물론 타인에게도 친절을 베푸는 것과 마찬가지다. 건성으로 일하거나 마지못해 노력하는 행위는 결코 세상을 변화시킬 수 없고 자신의 삶 또한 더 나은 변화를 기대할 수 없다. 창의력을 발휘해 긍정적 변화에 중점을 둔다면 기쁨을 전파하는 셈이다. 어떤 일을 하든 상관없이 말이다. 머지않아 당신의 직장과 개인적인 삶 양쪽 모두 더 충만하고 더 흥미진진하며 보다 큰 가능성을 발견하게 될 것이다.

지역 사회에서의 친절

관대함. 가능한 한 자신의 시간과 에너지를 나누는 일에 관대하라. 자원해서 봉사하고 참여하며 내가 가진 자원과 재능을 공유해 보라. 젊거나 나이가 들었거나 지역 사회의 구성원들과 생기 넘치는 영감을 주고받을 수 있도록 연결되어야 한다. 도움을 제공할 방법은 언제나 존재한다. 지역 신문이나 게시판, 웹사이트에 게재된 정보를 활용해 자신이 속한 지역 사회에 더 많은 친절을 베풀 수 있는 방법을 찾도록 하라.

창의성. 창의력을 발휘하여 지역 사회 내에서 하나가 되어야 한다. 거리 축제나 모금 행사, 정보 공유 혹은 영화 상영의 밤을 계획해 보는 것은 어떤가? 자원을 교환하고 공유하며 공동으로 관리할 수 있는 방법을 찾는다면 지역 사회의 요구를 충족하는 데 그리 많은 '무언가'가 필요하지 않을 것이다. 나한테는 있는 잔디 깎는 기계가 옆집엔 없을 수도 있고, 나한테는 없지만 옆집에 있는 카누를 빌려와 오후의 모험을 즐길 수도 있지 않겠는가! 창의성과 친절을 주고받으면 온갖 종류의 기쁨과 편리함을 찾아내는 일은 필연적으로 이루어지게 마련이다. 이웃과 소통하고 연결하며 삶을 공유하고 지역 공동체 문화의 기분 좋은 혜택을 누려야 할 이유 또한 더 많아질 것이다.

우정을 위한 친절

관심. 우정을 위해서는 시간과 에너지 그리고 관계의 발전을 위한 노력이 필요하다. 친구에게 전화를 걸고 그들과 지속해서 연락하며 누군가가 자신을 생각하고 있다는 사실을 알려주는 일은 매우 중요하다. 우리의 삶에도 그와 같은 은총과 응원이 필요하다. 친구가 처한 상황을 의식하고 목표와 꿈을 이루기 위해 노력하는 친구에게 기운을 북돋워 주어라. 그저 인사나 잘 지내고 있는지 안부를 확인하기 위한 전화 한 통은 어떤가? 이런 간단한 친절의 행위는 관심의 표현이며 그로 인해 우리 모두의 관계는 굳건해 진다.

함께하는 것. 가능한 한 현실의 공간과 시간에서 친구와 얼굴을 마주하는 시간을 가져야 한다. 어디라도 상관없다. 직장생활과 가족과의 시간 그리고 우정 사이에 균형을 유지하는 것은 매우 중요하다. 자신의 건강과 행복에 있어 모두 없어서는 안 될 중요한 요소들이기 때문이다. 친절하고 기분 좋은 친구가 되어라. 그리고 친절하고 기분을 좋게 만드는 친구를 선택하라. 그러면 그들과 함께하는 일이 언제나 편안하고 기쁨에 찬 선물이 될 것이다.

친절. 자신의 시간을 기꺼이 내어 주고 솔직한 마음을 털어놓을 수 있는 친구라면 우리는 이미 소중한 사람을 위한 훌륭한 청취자이자 응원단인 셈이다. 친절과 배려, 격려, 공감, 그리고 이해심을 보여준다면 그저 따뜻하게 안아주는 것만으로 서로에게 위안과 평안을 줄 수 있다. 시인 랄프 에머슨(Ralph Waldo Emerson)의 말처럼 너무 이른 친절이란 없으니 지금 당장 친절을 베풀어야 한다.

우정이 맺어지는
정확한 시점은 알 수 없다.
한 방울 한 방울을
모아 채워 나가다 보면
마침내 흘러넘치는
마지막 한 방울이 있게 마련이다.
끊이지 않고 이어지는
친절의 행동이 쌓이다 보면
마침내 누군가의 마음에서
그것이 흘러넘치게 될 것이다.

제임스 보즈웰(James Boswell)

낯선 누군가를 위한 친절

인내심. 각자 나름의 요구와 급한 일, 걱정거리를 안고 사는 우리는 타인들과 바쁘고 붐비는 세상에서 함께 살아가기 위해 인내심이 필요하다.

길 위에서 친절해라. 조금만 일찍 나서면 급하게 뛰어갈 필요도 없고 스트레스에 시달릴 일도 없다. 길 위에서 아직 못다 한 분풀이를 하는 것은 금물이다. 불편함 속에서 숨 쉬는 법을 터득해야 한다. 삶이 지속되도록 말이다.

줄을 서서 기다리거나 혹은 누군가를, 어떤 일이 벌어지길 기다릴 때 친절을 실천하라. 밀치고 불평하고 스트레스를 조장하는 행위는 자신과 타인을 향한 고단한 불친절이다. 타인에게 기대하는 참을성과 똑같은 인내심을 타인을 위해 발휘해 보자.

존중. 바쁜 와중에도 친절할 기회는 무수히 많다. 대중교통을 이용할 때 거동이 불편한 승객을 보면 그들이 요구하기 전에 먼저 자신의 자리를 양보해 주는 것은 어떤가? 넘어진 사람에게 도움의 손길을 내밀고 누군가를 위해 문을 열어주고 의자를 꺼내 주고 미소로 인사하는 것도 나쁘지 않다. 만약 당신이 도울 수 있는 상황이라면 무거운 짐을 옮기느라 애를 먹고 있는 사람에게 도움을 줄 수도 있다. 하나 가득 물건을 담고 마트 계산대에서 순서를 기다릴 때 내 뒤에 있는 사람이 겨우 몇 가지 물건만 들고 있다면 그 사람이 먼저 계산할 수 있게 양보해 주어도 좋을 것이다.

관찰. 주의 깊은 관찰은 타인을 향한 존중의 하나다. 유심히 관찰하면 일상에서 나와 세상을 공유하는 다른 사람의 삶을 수월하게 만들 기회가 더더욱 많다는 것을 알 수 있다. 그런 친절이 자신에게 미칠 때 삶의 기쁨을 느낀다. 타인을 위한 배려와 존중을 적극적으로 보여줌으로써 이런 삶의 기쁨을 전파하는 데 일조하도록 하자.

친구를 얻는 것은
하나가 되는 것이다.

익명

일기 쓰기 도움말

내 인생에서 잊을 수 없는 친절의 순간은 ㅇㅇ 것들이다.

내가 받은 칭찬 중에 아주 특별한 몇 가지를 꼽는다면 ㅇㅇ 것들이다.

나의 희망과 꿈을 응원하는 사람들은 ㅇㅇ이다.

살아오면서 내가 본 친절한 행동은 ㅇㅇ 것들이다.

내가 타인에게 친절을 베푸는 방법은 ㅇㅇ 것들이다.

내가 시도하고 싶은 무작위적인 친절한 행동은 ㅇㅇ 것이다.

지금까지 내가 가장 행복했던 순간은 ㅇㅇ 것들이다.

나에게 연민의 감정이란 ㅇㅇ 의미다.

긍정적 다짐

친절을 선택하는 것은 곧 행복을 키워 간다는 의미다.

친절은 내 영혼에 자양분을 공급한다.

친절은 관계를 강화한다.

친절은 나의 일상적 행동과 말을 형성한다.

사랑과 우정은 나를 축복하고 기운을 북돋운다.

타인과의 관계는 내 삶을 풍요롭게 한다.

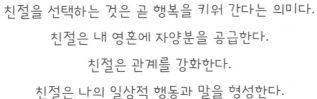

타인을 향한 친절을 선택하면
내가 행복해 진다.

●

감사의 마음으로 생활하는 것은
풍요로움과 기쁨으로 삶의 여정을
위한 길을 닦는 일이다.

●

손에 잡은 것을 놓으면
비로소 자유로움을 느낀다.

●

용서를 통해 평화를 얻는다.

●

내 삶이 제공하는
모든 풍요로움으로 거리낌 없이
내 그릇을 채운다.

명상

잠시 나만의 시간을 가지며 조용히 눈을 감는다.

천천히 호흡을 고요하게 가다듬는다.

이 순간만큼은 내가 해야 할 일도, 내가 생각할 것도 없다.

나는 그저 여기에 있을 뿐이다.

숨을 들이쉬고, 숨을 내쉰다.

느린 호흡으로 내 몸이 부풀어 올랐다 다시 아래로 내려가는 것을 느낀다.

숨을 들이쉬며 새로운 공기가 내 가슴을 가득 채우는 것을 느낀다.

숨을 내쉬며 오래된 조급함과 걱정거리들을 발산한다.

준비를 마친 후

잠시 내 삶에 등장하는 사람들, 나를 기분 좋게 만들어 주는 사람들에 대해 생각한다.

그들의 얼굴을 떠올리고 그들의 목소리를 듣는다.

그들이 얼마나 나를 사랑하는지 확인한다.

이제 나는 그들을 볼 수 있고 들을 수 있다.

숨을 들이쉬며 우정에 대한 감사를 느낀다.

숨을 내쉬며 크게 웃는 웃음과 함께하는 것의 기쁨을 느낀다.

다시 한번 숨을 들이쉬며 사랑의 감정을 마신다.

숨을 내쉬며 사랑의 온기와 빛이 내 몸을 가득 채우는 것을 느낀다.

정수리부터 발끝까지 내 몸의 모든 세포가 밝은 빛으로 떨린다.

이제 나는 가슴으로 숨을 들이쉬고 내쉰다.

그리고 그 친절에 감사한다.

천천히 들숨으로 가슴을 채우고

다시 가슴으로부터 그 숨을 내뱉는다.

한 번에 한 호흡씩

이제 매 호흡 가슴 속 더 넓은 공간을 친절로 채운다.

사랑을 위한 공간을 마련한다.

이 고요한 공간 안에서 나는 내가 사랑받고 있으며 사랑받을 만한 존재임을 확인한다.

나는 그 자체로 온전하고 완전한 존재이다.

부드럽게 감은 눈을 뜨며 생기를 느낀다.

내 안에 그리고 주변을 감싸는 모든 사랑을 감지한다.

이제 나는 내 마음이 열려 있음을 안다.

이제 나는 친절의 시선으로 세상을 바라본다.

비록 손에 든 것은
아무것도 없을 때가 있더라도
마음은 언제나 가득하니
그 마음으로부터
나눌 수 있다.
따뜻한 것, 친절한 것
그리고 달콤한 것들을
말이다.

프랜시스 호지슨 버넷(Frances Hodgson Burnett)

3장

지구를 향한 친절

되돌려 주어야 할 지구

북아메리카 원주민인 인디언의 속담 중에 "우리가 사는 이 땅은 조상으로부터 물려받은 것이 아니라 후손들로부터 빌려 온 것이다."라는 말이 있다.

살아 있다는 것, 그리고 참된 삶이란 이 땅과 그 위에 사는 모든 생명체를 향한 친절과 존중을 의미한다. 행동을 조심하고 현재뿐만 아니라 이 땅의 미래까지 돌보아야 한다는 의미다. 비록 나는 그 그늘에서 쉴 수 없을지라도 오늘 한 그루의 나무를 심는 것이 곧 참된 삶이다.

무언가를 빌려올 때는 받은 상태 그대로 다시 되돌려 줄 것이라고 기대한다. 이런 생각을 염두에 두고 자기 자신을 우리가 사는 지구를 돌보는 임시 관리인이라 생각한다면 과연 우리는 집단적 책임을 다하고 있다고 말할 수 있는가? 우리는 이 땅을 가차 없이 차지하고 무분별하게 사용하면서도 그 풍요로움은 여전할 것이라고 멋대로 추정한다. 이 땅이 현재의 우리를 위해 그리고 우리 아이들을 위해 행복하고 건강한 상태를 유지하는 기적이 일어날 것이라고 마음대로 추정하고 있지 않은가? 지금 우리의 이런 모습으로는 지구를 지탱할 수 없다. 그런데도 우리는 자연으로부터 단절된 행위와 더 많은 것을 바라는 욕구에 눈이 멀어 있다. 우리가 사는 이 땅은 후손들로부터 잠시 빌려온 것임을 잊지 말아야 한다. 그리고 이 땅을 향한 친절을 실천하는 방법을 학습해야 한다.

친절의 실천은 때로 솔선수범을 의미하기도 한다. 가능성을 파악했을 때 사랑을 담아 그 이상을 실행에 옮겨야 한다. 이탈리아의 시인 단테 알리기에리(Dante Alighieri)는 "도움이 필요한 사람을 보고 도움을 요청할 때까지 기다리는 것은 그것을 거절한 것만큼 불친절한 행동이다."라고 했다. 무심히 지나치거나 다른 곳으로 눈을 돌리며 이 아름다운 지구와 사람과 다른 수많은 생명체를 무시해서는 안 된다. 그것은 불친절한 행

위 그 자체이며 불친절로는 이 땅 위의 생명의 온전함과 치유에 어떤 기여도 할 수 없다. 충격적인 환경 문제와 건강 문제에 있어 '내가 살아 있는 동안은 별일 없을 것'이라고 생각해서는 안 된다. 친절은 주도적이며 현명하고 용감하며 언제나 가능한 것이다. 친절은 더 큰 사랑을 받아들일 수 있게 하며 희망을 가져다 준다. 그것도 매우 적극적으로 말이다.

우리가 사는
이 땅은 조상으로부터
물려받은 것이 아니라
후손들로부터
빌려 온 것이다.

북아메리카 원주민 속담

경이로움과 감사

지구는 경이롭고 역동적이며 광대하고 아름다우며 살아 숨 쉰다. 우리가 사는 지구를 경이로운 마음으로 존중하는 것은 인간으로서 베풀어야 할 근본적인 친절이다. 별이 빛나는 밤과 보름달, 일몰의 장관을 우리는 얼마나 많이 놓치고 있는가? 이 땅 위에서 우리와 함께 살아가는 동식물들을 관찰하고 찬양하는 데 우리는 얼마나 자주 시간을 할애하는가? 너무 바쁘기에, 땅만 쳐다보며 살았기에, 혹은 정신적으로 지금 이 순간에서 너무나 멀리 떨어져 있기에 우리 주변에서 끝없이 색과 모양, 소리, 그리고 풍경을 변화시키는 자연의 풍요로움을 놓치는 일은 또 얼마나 많은가?

우리가 살고 있는 지구를 아는 것이 곧 지구를 향한 친절이다. 그것이 우리 자신을 위한 선물이라는 것은 두말할 여지도 없다. 그런 친절은 자연의 구성 요소에 몰두하는 것, 그리고 주변을 둘러싼 계절과 촉감, 소리와 풍경을 인지하는 것과 같이 생명에 관한 크고 작은 것들에 관심을 기울이는 일도 포함한다.

우리가 숨 쉬는 공기에 산소를 공급하는 나무, 혹은 우리를 정화시키고 활력을 주는 물의 고마움을 알아야 한다. 맑은 하늘을 드러나게 만들고 작은 씨앗을 실어 나르며 그것이 널리 퍼져 싹을 틔우도록 만드는 바람의 힘도 볼 수 있다. 별이 빛나는 하늘 아래 모닥불 옆에서 온기를 얻을 수 있고, 신록의 대지를 황폐화하지만 결국 의기양양하게 재생시키는 들불을 지켜볼 수도 있다. 우리는 봄날의 향기와 겨울 아침의 상쾌한 공기, 가을의 단풍 그리고 여름 태양의 맛깔스러운 온기도 알아볼 수 있다.

우리가 살고 있는 지구가 얼마나 경이롭고 장엄한가에 대해 감사하지 않으면 우리 인간은 초라해 진다. 이 지구를 계속 '사용'하기만 해서도 안 되며 지구가 제공하는 것

을 당연하게 여겨서도 안 된다는 것을 깨달아야 한다. 우리가 살아가는 행성이 건강하지 않다면 우리에게는 아무것도 없는 것이나 마찬가지다. 그러니 우리에게는 이 지구를 사랑할 의무가 있다. 지구를 향한 그런 사랑과 감사가 있을 때 비로소 우리는 이 세상에서 보고 싶은 변화를 만들어 낼 수 있을 것이다.

인간은 대자연으로부터 분리되지도 않았고 그보다 우위에 있지도 않다. 오직 대자연의 일부라는 사실을 인지하는 것이 중요하다. 애정 어린 관심으로 자연환경의 진가를 알아보는 데 시간을 할애하는 것은 그 자체로 신선하며 치유력과 복원력이 있다. 친절을 실천하여 자연으로 돌아가는 것은 곧 자기 자신을 위한 안식처로 돌아가는 일이기도 하다. 우리를 위한, 그리고 우리가 사는 지구를 위한 진정한 치유가 시작되는 곳은 자연이다.

필요하지 않은 것을
구매하는 것은 자기
자신으로부터 도둑질하는
것과 다름없다.

스웨덴의 속담

친절과 소비

소비는 급속하게 확산되어 왔다. 우리는 더 새로운 것과 더 큰 것을 추구하고 더 많이 사고 더 많이 쓰기를 권장하는 미디어의 소비자들이다. 우리는 더 많은 패스트 패션, 가정용품, 전자 기기, 미용 제품, 호화스러운 자동차 그리고 필요하지 않은 것들을 구매하며 우리의 '결핍'에 호소하는 광고의 희생양이 되고 있다. 우리는 행복해지기 위해 소비하지만 어떤 이유에서인지 행복을 느끼지 못한다.

소셜 미디어는 비교의 문화를 살찌우며 더 많은 것을 추구하는 끝없는 욕구를 부추긴다. 우리는 애초에 노후화되고 수명이 한정되어 다시 구매할 수밖에 없도록 만든 제품을 소비하고 있다. 소비를 부추기지 않는 제품은 요원한 것처럼 보인다. 전 세계의 창고는 잉여 물건들로 가득 들어차 있다. 끝없는 쓰레기와 넘쳐나는 매립지는 우리가 사용하고 배출한 '물건들'의 증거이다. 이 땅의 모든 틈을 전부 메우고 나면 우리가 버린 쓰레기는 도대체 어디로 갈 것인가?

더 많이 소비하기 위해 우리는 더 많이 일하고 더 많이 행동하며 스스로에게 더 큰 압박을 가하고 있다. 뒤처지지 않기 위해 우선순위를 조정하는 것은 불가피하다. 관계를 희생하며 과도하게 일하거나 자신이 누구인지, 자신이 원하는 것이 무엇인지에 대한 관점을 완전히 망각하기도 한다는 말이다. 소비는 인간의 심오한 요구와 어떤 연관성이 있는가? 우리가 이 지구에 자행하는 일은 곧 우리 자신에게 저지르는 일과 같다는 것을 반드시 자각해야 한다. 우리 인간이 소진 궤도를 지속해서 유지하는 한 결국 인간과 함께 이 지구도 완전 소멸하고 말 것이다.

일본의 전통 의상인 기모노의 제작 과정을 다룬 매혹적인 다큐멘터리를 본 적이 있다. 1년의 제작 과정이 있어야 하는 옷은 그야말로 걸작이었다. 천연 착색제로 염색한

견사를 급류에 세척한 다음 수십 년의 내공을 가진 장인의 솜씨를 거쳐 옷감으로 직조된다. 때에 따라서는 반세기가 넘도록 한 가지 기술에만 전념한 장인도 있다. 그들은 공들여 바느질을 시작하기에 앞서 복잡하고 아름다운 문양을 만들어 냈다. 마침내 한 벌의 기모노가 새로운 주인 앞에 자태를 드러냈다. 합성 재료와 염색제 사용은 물론 개성이란 찾아볼 수 없이 저렴하고 신속하게 대량으로 생산되며, 때에 따라서 상상을 초월하는 작업 환경에 노출된 노동자들의 손에 의해 만들어진 의류가 즐비한 오늘날의 대형 백화점에서는 그런 장인 정신과 의미는 찾아볼 수 없다.

　우리의 먹거리는 또 다른 퍼즐의 한 조각이다. 가공되지 않은 무첨가 식품이 훨씬 더 건강하고 더 적은 쓰레기를 만들어 낸다는 사실에도 불구하고 인공적인 포장 식품의 소비는 파괴적인 쓰레기가 양산되는 원인이 되고 있다. 전 세계적으로 해마다 13억 톤의 음식물 쓰레기가 배출된다. 생산되는 음식물의 3분의 1에 해당하는 양이다. 한편 지구상의 누군가는 굶주림에 허덕이고 있다. 동물의 대량 사육은 지각을 가진 생명체가 상상도 할 수 없는 환경을 제공하며 충격적일 정도로 부당하고 잔인하게 취급되는 환경을 갖고 있어 문제가 되고 있다. 지속할 수도 없고, 빠른 욕구 충족을 위해 생산된 음식물을 통해 유독성 화학 물질이 우리의 소중한 토양과 물길, 그리고 우리 몸속으로 스며들고 있다. 지구를 존중하고 보호하고자 하는 사람들에게 유기농법은 언제나 손쉽게 활용할 수 있는 방법이었음에도 그렇다.

　다국적 육가공 산업은 지구상의 모든 교통수단을 합쳐놓은 것보다 더 유해한 배기가스 방출의 주범이며 충격적인 살생으로 그 유해성을 드러내고 있다. 연구에 의하면 지구에 가해지는 인간의 영향력을 줄일 유일하고도 효과적인 방법이 바로 채식이다. 급증하는 전 세계적 육류 소비를 유지하기 위한 값싼 사료를 위해 유전자 조작 작

물을 재배하면서 생명을 나눠주는 거대하고 아름다운 숲을 파괴하고 있다. 한때, 장관을 이루었던 산호초의 탈색이 진행된 사건부터 녹아내리는 남극의 빙하에 이르기까지 매 순간 무너지고 있는 소중한 생태계의 모습은 셀 수조차 없다. 수자원의 남획은 해저 세계를 초토화하고 있으며 머지않아 바다에서 생명체가 살 수 없을 것이라는 충격적인 예측도 나오고 있다. 야생동물이 신음하고 날마다 멸종되고 있으며 그들의 서식지가 파괴되고 있다. 지난 수십 년간 이어져 온 지구의 고통을 우리가 이미 알고 있었다는 사실이 더더욱 비극적이다. 그런데도 아무 소용이 없다. 인간은 멈추지 않을 것이기 때문이다.

과연 어느 시점에서 멈추어야 할까? 이 땅은 우리가 약탈하고 소진하며 더럽히고 파괴해도 좋은 대상이 결코 아니다. 지구를 소비하고 비하하는 인간의 모든 활동은 스스로를 소비하고 비하하는 활동과 다름없다. 내일을 대비하지 않고 오늘을 살 수는 없다. 우리의 지구와 동물, 그리고 서로를 향한 탐욕스럽고 폭력적이며 무가치한 태도를 견지하며 외면하기를 지속할 수는 없지 않은가? 우리는 생각하는 사람이며 지식은 곧 힘이다. 무엇이든 할 수 있는 일을 해야 한다. 지구는 우리가 지켜야 할 소중한 삶의 터전이며 각자가 모두 노력해 지켜야 한다는 사실을 인정하는 모든 사람에게 행운이 있기를 빈다. 인류의 본질적 친절에 건배!

행복의 비밀은
더 많은 것을 추구하는 데
있는 것이 아니라
더 적은 것을
즐길 수 있는 능력을
개발하는 데 있다.

소크라테스(Socrates)

속도를 늦추고
균형을 되찾는 경로 찾기

균형을 되찾는 확실하고 친절한 방법은 우리가 살고 있는 지구와 그 안에 있는 소중한 자원들을 신중하게 즐기는 것과 관련이 있다. 우리가 먹는 음식과 재료의 선택 그리고 소비의 질과 속도에 대한 주의 깊은 고려 또한 지구의 자원을 신중하게 즐기는 것이다. 사실상 우리 몸의 신체적 건강과 자연환경을 비롯해 이 세상을 공유하는 모든 생명체에 대해 적극적인 관심을 보이는 생활은, 지구상의 모든 생명을 위한 보다 위대한 평화에 접근하는 활동적이고 혁명적인 방법이다.

지구의 건강을 지원하기 위해 우리는 일상 속에서, 가정에서, 지역 공동체 내에서 어떻게 친절할 수 있을까? 간단한 일을 규칙적으로 실천하고, 사랑하는 사람들에게도 그렇게 하도록 영감을 줄 수 있다. 재활용을 실천하고 퇴비를 만들고 가능한 한 자전거를 타거나 걷기를 실천하는 것도 나쁘지 않다. 일회용 컵을 재사용 가능한 컵으로 대체하고 플라스틱 빨대의 사용을 중단하자. 플라스틱병에 든 물보다 스테인리스 스틸 물병에 담긴 여과된 물을 사용하며 비닐봉지보다 재활용 백을 선택하는 것으로 쓰레기를 최소화할 수 있다. 다양한 플라스틱 제품 대신 유리나 도자기 재질의 저장 용기를 선택하고, 음식을 보관할 때는 재활용이 가능한 플라스틱 성분이 없는 포장지를 사용하도록 노력할 수 있다. 포장은 '각자 지참'한 가방을 사용하거나 최소한만 허용하는 인근 협동조합처럼, 과도한 제품 포장을 줄이고 친환경적인 대안을 찾는 것도 한 방법이다.

우리의 몸과 토양과 수질을 보호하기 위해 가정에서는 간단하고 무독성이며 천연에서 얻은 미용 제품과 청소 제품을 선택할 수 있다. 희석한 사과식초는 비누 대용품

이다. 흑설탕은 각질제거제로, 코코넛 오일은 보습제로 사용할 수 있다. 베이킹소다와 백식초, 정유를 섞으면 집 안 청소를 위한 훌륭한 세제가 된다. 친절은 이렇게 간단하고도 보람 있는 행동이다.

더 이상 입지 않는 옷이 있다면 자선 단체에 기부하거나 지인들에게 나눠주어도 좋다. 의류 교환에 참여하거나 친구와 함께 노점을 차려보는 것은 어떤가? 가능하다면 누군가가 좋아했던 옷을 자신만의 새것으로 고쳐 입는 것도 방법이다. 새 옷을 구매해야 한다면 유기농 면, 비단 또는 린넨과 같은 지속 가능한 천연 섬유를 선택하고, 반드시 공정한 작업 환경에서 생산된 제품인지 확인하기를 권한다.

구매를 최소화하고, 고쳐 쓰는 것으로 족하다. 도구와 장비 같은 자원은 친구나 이웃들과 공유하면 더 적은 물건들로 우리의 요구를 충족시킬 수 있다. 절실히 필요하지 않다면 사용 중인 기기나 소유물을 업그레이드하지 않는 것이 바람직하다. 지구상에 자꾸만 '무언가'를 보탤 필요는 없다. 이미 충분하다. 수요가 늘어날수록 공급도 늘어나게 마련이다. 그 어느 때보다 바로 지금 의식 있는 소비자가 되어야 한다. 우리에게는 이전과 다르게 보다 친절한 삶을 살아갈 소명이 있다. 이미 가지고 있는 그것을 즐기며 '사랑'과 '연결'이라는 보다 인간적인 경험, 그리고 훨씬 적은 것으로도 행복을 느낄 수 있기를 바란다.

영양분의 공급과 개인의 건강을 위해 지역의 농장에서 생산되는 유기농 작물을 구매하고 그들을 지원하는 것은 어떨까? 가능하다면 내가 먹을 과일과 채소, 허브를 직접 길러보는 것도 나쁘지 않다. 채식 위주의 친절한 식단에 적응해 보는 것도 좋은 방법이다. 색깔이 화려하고 영양이 풍부한 채식 식단이야말로 고통받는 지구를 위해 우리가 할 수 있는 가장 친절하고, 가장 혁명적인 결단일 것이다. 무첨가 식품과 채식 식

단을 적용하는 생활 방식은 지구상에서 생명의 손실과 공해, 쓰레기 그리고 자연 서식지의 파괴를 급격하게 감소시킬 것이다. 식물 기반의 식생활은 개인의 건강은 물론 지구의 건강까지 살리게 될 것이다.

지속 가능한 건축과 조경, 산업 및 사물의 디자인에서 혁신이 일어나고 있다. 지금 전 세계적으로 추진 중인 자원 재활용 정책을 통해 쓰레기의 재활용 사례들이 늘어나고 있다. 이와 같은 혁신이 일어나며 지구 보호의 중요성에 대한 자각이 커질수록 다양한 방법들이 쏟아져 나올 것이다. 흙집에서부터 자연형 태양열 건물까지, 재활용 재료로 만든 가구와 의류, 바다에서 수거한 플라스틱으로 만든 수영복에 이르는 모든 것들이 그런 혁신의 결과물이며 지구를 살리는 선택의 사례들이다.

어디서든 정원을 가꿀 수도 있다. 직접 기른 작물을 생산하는가 하면 사랑과 시간, 정성을 들여 지구를 푸르게 만드는 데 일조하는 사람들도 많다. 부엌 선반 위에서 씨앗이 싹트고 비좁은 도심의 발코니에서 과일과 채소가 자란다. 변화는 이미 시작되고 있다. 우리도 그 변화에 적극적으로 동참해야 할 것이다.

세상을 변화시키고자 한다면 완전한 패러다임의 전환, 친절을 향한 전체적이면서도 차고 넘치는 움직임에 동참할 필요가 있다. 고통받는 지구를 보며 무력함을 느낄 필요는 없다. 간단하면서도 일상적인 선택이 중요하다. 보다 적극적으로 이 세상에서 자신이 지켜보고자 하는 변화 그 자체가 되어야 한다. 지구의 건강을 위해 인류가 힘을 모아야 하며 친절과 열의, 열정으로 서로를 교육하고 힘을 실어 주어야 한다. 그렇게 하면 적어도 파괴의 속도를 늦출 수는 있을 것이다. 지구를 사랑하고 균형을 되찾는 확실한 경로를 찾을 수 있을지도 모른다.

가장 작은 친절의 행위는
가장 원대한 의도보다
더 가치 있다.

오스카 와일드(Oscar Wilde)

친절과 용기 — 과거, 현재 그리고 미래

용기와 친절은 오래전부터 있었다. 인생의 선배들과 영혼의 조상들은 우리가 다른 생각을 품고 다른 삶을 살도록 길을 닦아 놓았는데, 여기에는 인권과 자유, 인종과 성 평등, 그리고 우리가 살고 있는 지구의 건강을 위한 중대한 움직임도 포함되어 있다. 자유와 인정, 생존이라는 이름의 투쟁 활동들이 우리의 가정과 지역 사회 안에서 이어져 왔다. 고통과 패배, 희망과 승리의 평범하지 않은 역사였다. 그들은 우리와 마찬가지로 용감하고 친절하며 주도적인 사람들로서 각자의 삶의 질적 향상 그리고 미래를 위해 투쟁했다. 바로 우리 모두의 미래를 위해서 말이다.

선조들이 겪었던 역경과 용기, 인내, 비전에 단순히 감사만 해서는 안 된다. 그것은 영감을 주는 행동이었다. 우리는 그들의 노력 덕분에 혜택을 누리는 한편, 우리도 그들처럼 지구를 위한 용기와 친절을 베풀어야 한다. 오프라 윈프리(Oprah Winfrey)와의 인터뷰에서 마야 안젤루(Maya Angelou)는 젊은 시절에 들었던 자신의 인생을 바꾸어 놓은 한 마디를 떠올렸다.

"너를 위한 왕관은 이미 구매되었고 대가의 지급도 끝냈다. 이제 너는 그것을 머리에 올려놓는 일만 하면 된다."

과거와 현재, 미래를 존중하며 주어진 삶을 열심히 살아간다면 사랑이 충만하고 밝게 빛나며 누구보다 용감하고 친절할 수밖에 없다. 자신의 삶에 감사하게 되며 나와 세상을 공유하는 타인을 위해 편안함과 기쁨, 존중을 가져다줄 수밖에 없을 것이다.

친절과 선, 지구와 인간의 안녕이라는 명분 아래 역사적으로 절대다수가 힘을 모았던 적이 없었을 뿐 아니라 현실적인 설득력도 없었다. 돈이 아닌 인권이라는 원칙이 없다면 그런 의견의 일치에 도달하기란 불가능할 것이다. 우리는 기다리고만 있어서는 안 된다. 변화는 지금 당장, 바로 여기, 우리 사이에서 시작되어야 한다.

긍정적 변화는 언제나 개인에게서 비롯되었다. 대세의 방향을 바꾼 것은 거의 언제나 열정적이고 배려심이 많은 소수의 사람이었다. 순수한 결의와 헌신, 보다 고차원적인 사랑이 결국 승리한다는 믿음을 가진 사람들이 역사의 진로를 바꿔 놓았으며 그들의 주장을 세상에 전파해 왔다.

우리는 생각과 감정을 가진 존재이자 연민의 감정을 가진 존재다. 연민의 감정은 곧 우리의 힘이다. 우리의 의식이 한 차원 높아지면 세상은 더 높은 차원에서 변화한다. 의식이 격상된다는 것은 개인적으로든 단합된 노력을 통해서든 진실을 이해하고 모든 생명의 상호 연결성을 감지하는 경지에 이른다는 의미다.

친절은 개인과 집단의 치유 그리고 지구 행성의 치유에 있어 매우 중요한 부분을 차지한다. 우리가 깨어나 사물을 있는 그대로 바라볼수록, 무지와 탐욕 혹은 공포가 아니라 사랑과 희망의 자리에서 무엇이 진실인지 확인할수록 우리가 맞이할 오늘과 내일은 보다 생기 넘치고, 보다 건강해질 것이다.

우리의 삶, 우리가 살아가고 있는 지구, 그리고 아직 이 세상에 도착하지 않은 인류의 후손들을 위해 이것은 중요한 문제다. 처음부터 우리 것이었던 왕관을 쓰고 타고난 권리를 구체화할 때 우리는 과거를 존중하고 현재를 창조하며 후손들을 위한 보다 밝은 미래의 모양을 갖추게 된다. 자신과 타인 그리고 우리의 지구를 향한 적극적이고 애정 어린 친절로 우리는 어려운 문제 속에서도 해결책을 찾아낼 것이다.

친절과 일체성

세상은 매일 조금씩 달라진다. 우리 또한 마찬가지다. 지구의 분위기, 그 안에 사는 사람들의 에너지 그리고 사방에서 느껴지는 감정들은 매일 우리 모두에게 영향을 미치는 거대한 힘이다.

인간으로 존재한다는 것은 전체와 연결되어 있다는 의미다. 자기 자신보다, 직계가족이나 친구 또는 직장에서의 관계보다 혹은 각자의 일상에서 마주치는 세상보다 훨씬 위대한 무언가의 일부이다. 그러나 오늘날 대다수 사람은 서로 다른 문화와 환경 속에서 살다 보니 일체성의 진실을 쉽게 잊어버린다. 그렇다고 해서 서로에 대한 민감도와 감성은 거부하거나 과소평가할 수 없다.

일체성은 인간이 선천적으로 갈망하는 심오한 의미와 연결되어 있다. 재난이나 위기의 순간에 사람들은 흔히 서로 지지하고 서로에게 친절한 방식으로 하나가 된다. 거기에는 비판이나 공포, 구분이 없다. 가장 비극적인 상황에서 우리가 단합된 태도를 보인다는 점이 안타까울 따름이다. 특히, 언제든 이런 방식으로 연결될 수 있다는 점을 고려하면 더 그렇다. 그런데도 그런 비극적 순간에 기운을 북돋우며 긍정적 확신을 주는 것은 강인하면서도 온화한 인간 본연의 정신이다.

우리가 인위적으로 분리되었다는 사실을 보여주는 의미심장한 역사적 순간들이 있다. 1914년의 유명한 크리스마스 정전이 대표적 사례일 것이다. 1차 세계대전이 벌어지던 중 적국의 병사들이 전투를 멈추고 서로 크리스마스 선물을 교환하고 음식을 나눠 먹으며 함께 축구 경기를 했다. 1982년 테레사 수녀는 전쟁으로 피폐해진 베이루트에서 수백 명의 버려진 고아와 장애아들을 구조하기 위해 휴전을 끌어낸 바 있다. 그 몇 시간 동안 도시를 뒤덮었던 폭격은 중단되었고, 그 대신 현실 같지 않은 고요함

만이 흘렀다. 일말의 희망도 없어 보였던 분리의 체제 속에서 만들어진 작은 '평화'가 인간의 심오한 일체성을 드러내며 각자의 삶과 서로를 향한 믿음에 새로운 활력을 불어넣을 것을 촉구했다.

감수성이 높은 인간이기에 우리는 때로 명쾌한 설명이 어려운 감정을 느낄 수도 있다. 겉으로 보기에 괜찮아 보이지만 정작 내면에서는 단절이나 불만족을 느낄 수도 있다는 말이다. 자신이 원하는 것, 필요로 하는 모든 것을 이미 가지고 있지만 그런데도 무언가가 빠진 것 같은 느낌을 떨칠 수 없는 때도 있다. 자기 한계를 넘어 보다 큰 삶의 그림을 바라볼 필요가 있다. 그리고 모두가 함께 움직이는 보다 큰 동작의 일부가 되는 자신을 지켜볼 필요도 있다. 우리 지구와 그 위에 사는 사람들이 상처받거나 상처를 줄 때 자신 또한 상처를 입는다는 사실을 잘 알고 있다. 문제는 우리에게 있지도 않고 누구의 잘못도 아니라는 점이다. 다만 본질적인 인간성이 그러할 뿐이다. 사랑을 담아 인간의 본성을 맞이하는 일은 스스로를 향한 친절을 실천하는 데 필요한 행동이다. 우리가 추구하는 긍정적 변화에 적극적으로 참여하는 것은 치유의 과정인 동시에 힘을 실어주는 행동이다.

삶의 모든 여정을 통해 친절은 친밀하고 개인적인 방식으로 우리에게 평화와 기쁨을 가져온다. 동시에 인류가 간절히 바라는 거대하고 심오하며 긍정적인 변화를 가져다 줄 자립적인 촉매이기도 하다. 누구나 근본적으로 새롭고 긍정적인 세상을 경험할 자격이 있으며 타인과 모든 생명과의 일체성을 기꺼이 받아들일 것이다. 우리 모두에게 변화를 가져다 줄 힘이 있기를 기원한다. 그리고 모두가 꿈꾸는 변화에 적극적으로 참여하며 타협하지 않고 끊임없이 친절을 선택하기를 간절히 바란다.

인간의 친절에 대한 믿음 외에
다른 어떤 믿음도
필요하지 않다.
나는 지구와 그 위에 존재하는
생명에 관한 경이로움에
완전히 빠져들어
천국과 천사를
생각할 수조차 없다.

펄 벅(Pearl S. Buck)

지구에 친절 베풀기

의식 있는 식생활

의식 있는 식생활은 자신의 몸과 지구를 향한 친절의 행위이다. 식사를 시작하기에 앞서 두 손을 가지런히 붙잡고 우리에게 양분을 공급하기 위해 자신의 일부를 나누어준 지구에 감사하라.

달 그리고 별 바라보기

하늘의 달과 별을 올려다보는 일은 매우 쉬운 행동이지만 경외심을 불러일
으키는 행위다. 그것은 우리가 지구에 대해 감탄하고 감사하는 행위이다.
매일 저녁, 자신이 보여줄 수 있는 가장 큰 관심으로 우리가 사는 이 기적의
행성을 인정하고 존중하는 의식을 치르는 것은 어떤가.

일출과 일몰

일출을 보기 위해 일찍 기상하고 자주 일몰을 감상하기 위해 노력했
으면 좋겠다. 자연의 리듬을 관찰하는 것은 자신만의 리듬을 찾게 하
고 그것을 존중하는 데 도움을 주는 동시에 우리에게 보다 큰 기쁨과
평화를 가져다 준다.

멋진 야외 활동

🌸 부시 워킹(관목, 잡목, 가시덤불의 밀집 지역 및 그곳에 서식하는 생물을 접하는 것을 목적으로 하는 걷기- 역자 주), 캠핑, 바다 수영, 하이킹, 암벽 등반, 오리엔티어 링(산속 혹은 특정 지역에서 지도와 나침반을 이용해 지정된 지점을 통과하여 목적지까 지 도착하는 경기- 역자 주), 소풍을 즐겨라. 자연 속에서 편안해질 수 있는 것이 라면 어떤 모험이라도 좋다.

🌸 잠깐 맨발로 땅을 밟아 보라. 발이 땅에 닿는 순간 기초적인 활력을 얻게 될 것이다.

🌸 신선한 공기를 호흡하고 자연 속에서 몸을 움직여라. 그리고 우리가 사는 지 구의 치유 능력을 만끽하라.

창의성의 발휘하라

🌸 재활용품 혹은 야외에서 찾아낸 것들로 조각 작품을 만들거나 다른 기능적 인 물건을 제작해 보아라.

🌸 새것을 구매하는 대신 애정을 담아 낡은 가구를 고치거나 누군가 입지 않 은 옷가지를 수선해 나만의 옷으로 고쳐 입어 보라.

🌸 부지런하고 호기심 많고 영리하면 지속 가능한 삶을 영위하게 될 뿐만 아 니라 더 많은 재미를 얻을 것이다.

제철 음식

🌼 직접 기른 제철 과일과 채소를 먹거나 기른 작물을 동네 시장에 내놓는 것도 나쁘지 않다.

🌼 지역의 농부와 연결하여 그들에게 궁금한 것을 질문하고 감사의 마음을 전하라. 그렇게 하면 우리가 먹는 음식 그리고 우리가 살아가는 이 땅의 너그러움에 보다 깊이 연결될 수 있을 것이다.

우리 자신을 위한,
그리고 우리가
살아가는 지구를 위한
진정한 치유는
자연에서 시작된다.

옘(M)

일기 쓰기 도우미

내가 지구를 위해 친절을 실천하는 방법에는 ㅇㅇ이 포함된다.

지구가 나에게 친절을 보여주는 방법은 ㅇㅇ이다.

최근 내가 자연에서 찾아낸 몇몇 아름다운 것들은 ㅇㅇ이다.

내가 가장 좋아하는 계절은 ㅇㅇ이다. 왜냐하면 ㅇㅇ이기 때문이다.

내가 가장 좋아하는 꽃은 ㅇㅇ이다.

내가 가장 좋아하는 동물은 ㅇㅇ이다.

내가 선호하는 과일과 채소는 ㅇㅇ이다.

숲, 해변, 육지, 산 또는 바다? 왜냐하면 ㅇㅇ이기 때문이다.

나의 시간과 관심을 더 많이 할애할 가치가 있는
자연의 일부는 ㅇㅇ이다.

지구를 위한 나의 꿈과 바람은 ㅇㅇ이다.

긍정적 다짐

친절은 편안함을 만들어 낸다.

친절은 우리가 살아가는 지구를 강화한다.

자연에 대한 감사는 영감을 충만하게 한다.

지구와 연결될 때 나는 생명을 얻는다.

지구는 나의 보살핌을 필요로 한다.

나는 모든 생명과의 일체성을 감지한다.

지구와 연결되는 것은
내 영혼에 자양분을
공급하는 것이다.

—

지구에 대한 감사는
나를 경이롭게 한다.

—

지구를 사랑할 때 비로소 나는
나 자신으로 돌아온다.

—

내가 살아가는 지구에 기여하는 것은
중요한 일이다.

—

큰 것은 작은 것에서부터 자란다.

명상

이제 눈을 감고 느리고 깊게 호흡한다.

숨을 들이쉬며 내 호흡이 더 깊이 내려가는 것을 느낀다.

내 몸을 거쳐 지구의 중심부까지

겹겹이 쌓인 층을 거쳐, 뿌리와 바위를 뚫고,

내 호흡이 지구의 용핵에 도달한다.

그곳에 도달한 내 호흡을 통해 가슴 속에 온기를 느낀다.

숨을 내쉬며 하늘에 떠 있는 무한하고 자유로운 구름과 별을 향해 숨을 내쉰다.

잠시 지구와 함께 깊은 호흡을 한다.

내가 호흡하는 동안 나를 둘러싼 공간이 확장된다.

내 몸이 구름 속에서, 구름 위로, 해와 달을 향해 자유롭게 움직일 수 있음을 감지한다.

나는 땅 위 여기에서 자유롭게 유영한다.

내려다보면 오래된 큰 나무의 꼭대기가 보이고,

바닷속에서 춤추는 돌고래의 무리가 보인다.

산꼭대기에 입을 맞추는 밝은 빛과

감미로운 숲이 보인다.

모든 장소를 한눈에 내려다보고자 떠다닌다.

눈 덮인 언덕부터 열대의 섬까지, 일출부터 일몰까지

낮과 밤, 모두 한 번에 말이다.

내가 지구의 장관 속에서 깊게 들이마신 호흡은

그대로 위로 올라가 내 머리의 정수리 제일 높은 곳을 통해 분출된다.

숨을 내쉬며,

다시 내 몸을 거쳐 발바닥까지 내려간다.

내가 날아오르는 이 광활한 상태에서

나는 경이로움에 숨을 들이쉬고 감사와 함께 내쉰다.

숨을 들이쉬며 나는 끝없이 신선한 공기와 새 생명을 흡입한다.

숨을 내쉬며 나는 나 자신과 이 지구의 오래된 상처를 배출한다.

숨을 들이쉬며 나는 모든 생명과 내가 하나 됨을 느낀다.

숨을 내쉬며 나는 사랑의 마음으로 지구를 포용한다.

당신은
바다에 떨어지는
한 방울의 물이 아니라
한 방울 안에 있는
바다 그 자체이다.

루미(Rumi)

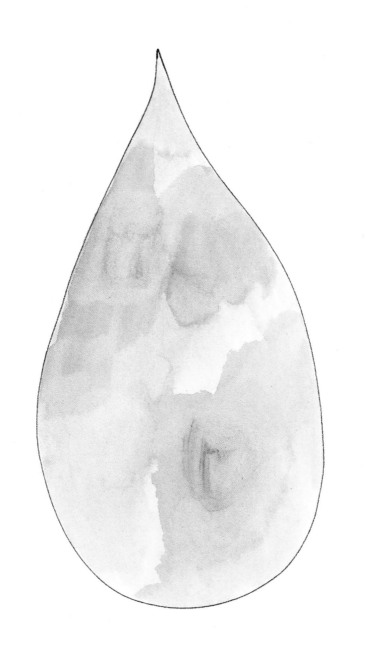

나오는 글

친절을 키워나가는 일은 즐거운 변화이자 긍정적으로 삶을 변화시키는 기술이다. 친절을 통해 우리는 각자의 삶을 편안하게 하고 나와 세상을 공유하는 사람들의 삶까지 밝게 빛나도록 만든다. 친절할 때마다 우리는 안정적인 치유의 마법으로 용기를 얻는다.

친절은 우리가 지금 이 삶에 함께하고 있음을 깨닫게 한다. 움직이고 배우고 사랑하고 성장하고 함께 느끼면서 말이다. 친절은 마음과 정신의 평화를 가져다주며 우리를 서로 연결한다. 자신과 타인에 대해 무한히 긍정적이고 존중하는 방식으로 말이다.

친절은 감사의 마음으로 지금 이 순간에 존재하는 것과 관련이 있다. 자기 자신과 타인 그리고 우리가 살아가고 있는 지구를 돌보는 데 있어 한 걸음 더 나아가는 것 또한 친절이다. 그것은 나의 기쁨 속에서 서로 행복한 것이며 도전 과제를 해결하는 데 있어 서로 응원과 위안을 제공하는 것이다. 주의 깊은 경청과 자신과 타인을 향한 인내심, 존중, 용서를 선택하는 것 또한 친절이다.

삶이 끝날 무렵, 그때까지 축적된 온갖 종류의 친절, 소중한 순간의 보물 같은 추억들, 자신과 타인을 향해 느꼈던 사랑, 서로 주고받았던 잊지 못할 다정한 몸짓과 응원, 이 모든 것이 무엇보다 중요하다는 것에 의심의 여지가 없다.

바라건대, 이 글이 보다 친절한 삶을 살아갈 당신에게 쓰임이 되는 자원이었으면 좋겠다. 당신의 일상에서 친절의 기술을 실천하는 데 있어서 그 어느 때보다 더 많은 영감을 얻고 더 편안하고 더 많은 생기를 느끼기를 기원한다.

메러디스로부터
♡ ✗

헌사

내 삶에서 경험한 모든 친절과 나에게 많은 가르침을 전해 준 사람들에게 감사한다. 나의 조부모님과 부모님, 남동생 니콜라스(Nicholas) 그리고 친지와 친구들에게도 감사를 전한다. 내가 아는 가장 친절한 사람이자 나의 남편인 케빈 린드만(Kevin Lindemann)으로부터 받은 애정 어린 응원에 감사를 보낸다.

이 책이 나오기까지 수고를 아끼지 않았던 출판인 팸 브루스터(Pam Brewster)와 멜버른의 하디 그랜트(Hardie Grant)에서 일하는 멋진 팀원들, 그리고 나의 사랑스러운 편집자 앨리슨 휴이(Allison Hiew)에게도 감사의 마음을 전하는 바이다.

내 책의 디자이너이자 친애하는 나의 벗 아리엘 갬블(Arielle Gamble)에게 감사한다. 이 책은 아리엘의 도움으로 완성된 것이나 다름없다. 내 그림을 조심스럽게 다루어 주었던 스플리팅 이미지(Splitting Image)의 메건 톰슨(Meaghan Thomson)과 믹 스미스(Mick Smith), 그리고 그의 팀원들에게도 감사한다. 나의 멋진 친구이자 조수인 조셋 프로스트(Josette Frost)에게는 격한 포옹을 보내는 바이다.

내 삶의 여정에서 엄청난 도움을 주었으며 나에게 영감을 주는 세 명의 여성, 줄리 깁스(Julie Gibbs), 케이 리지웨이(Kay Ridgway), 자넷 바렛(Jeanette Barrett)에게 감사를 전한다. 이 책을 집필하는 동안 한쪽 발을 키보드 위에 올려놓고 줄곧 작업을 도왔던 나의 반려견 루디(Rudi)에게도 애정을 담아 감사의 마음을 전하는 바이다.

내가 함께 인생을 논하는 상대이자 내 아버지인 마이클(Michael)에게 이 책을 바친다.

참고 자료

참고 문헌

친절과 자기애

《감사의 기술》 메러디스 개스톤
《행복의 기술》 틱낫한
《건강의 기술》 메러디스 개스톤
《믿음의 생물학》 브루스 립튼
《브리드》
《쉽게 하는 기적의 과정》 앨런 코헨
《행복, 필수 마음챙김 연습》 틱낫한
《이키가이: 길고 행복한 삶을 위한 일본의 비밀》 헥토르 가르시아와 프란체스크 미랄레스
《친절 약속》 도미니크 베르톨루치
《당신의 몸을 사랑하라》 루이스 헤이
《자신을 사랑하고 삶을 치유하라》 루이스 헤이
《진흙 없이는 연꽃이 없다》 틱낫한
《낙천주의》 루이스 헤이
《마음의 평화》 틱낫한
《천천히: 삶을 단순하게 살아라》 브룩 맥캘러리
《영혼의 약》 도슨 교회
《웰빙》
《우먼카인드》
《여성의 몸, 여성의 지혜》 크리스티안 노스럽, M.D.
《여성의 웰빙 지혜》 리비 위버 박사
《당신은 당신의 삶을 치유할 수 있다》 루이스 헤
《당신은 고통 받기 위해 태어난 것이 아닙니다》 블레이크 D 바우어
《당신의 침대는 당신을 사랑합니다》 메러디스 개스톤
《당신의 신성한 자아》 웨인 다이어 박사

친절의 연결성

《마음에서 나오는 대답》 틱낫한
《행복의 기술》 달라이 라마
《감성 지능》 다니엘 골먼
《다섯 가지 사랑의 언어》 게리 D 채프먼
《허니문 효과》 브루스 립튼
《살아있는 부처, 살아있는 그리스도》 틱낫한

《현실: 균형 잡힌 삶을 살기》 빅토리아 알렉산더
《중요한 일을 시작하세요》 블레이크 마이코스키
《내가 당신에게 말할 때》 마이클 루니히

지구에 대한 사랑

《식용 발코니》 인디라 나이두
《식용 도시》 인디라 나이두
《재배 및 수집: 현대화된 전통적인 생활》 매트와 렌틸
《지구 치유, 우리 자신 치유》 도슨 교회
《마음챙김과 자연 세계》 클레어 톰슨
《정원에서의 마음챙김》 자치아 머레이
《페퍼민트》
《기도 나무》 마이클 루니히
《제2의 본성: 정원사의 교육》 마이클 폴란
《우리는 여기 있습니다: 지구 생활을 위한 참고 사항》 올리버 제퍼스

친절한 식사

《웰빙의 기술》 메러디스 개스톤
《의식있는 요리사》 탈 로넨
《친절하게 요리하기》 팸 아헌
《기막히게 매력적인 당신》 크리스 카
《엘라의 맛있게 먹기》 엘라 우드워드
《엘라의 맛있게 먹기: 식물성 요리책》 엘라 우드워드
《엘라의 매일 매일 맛있게 먹기》 엘라 우드워드
《배고픈 마음을 먹이기》 제닌 로스
《그린 키친 스토리》 데이비드 프렌키엘과 루이스 빈달
《켄코 키친》 케이트 켄코
《마음챙김 먹기, 마음챙김 생활》 틱낫한
《나의 새로운 뿌리》 사라 브리튼
《지혜를 기르다》 마크 데이비드
《날것》 이노우에 요코
《이 치즈는 견과류다》 줄리 피아트
《비건의 장점》 제시카 프레스콧

친절과 일상의 영감

《비건의 장점》 제시카 프레스콧
《101가지의 기쁨과 영감의 순간》 메러디스 개스톤

《여행을 위한 101가지 영감》 메러디스 개스톤
《삶의 깊은 숨결》 앨런 코헨
《친절한 행동: 세상을 더 좋은 장소로 만드는 101가지 방법》
   론다 시오르티노
《친절의 5가지 부작용》 데이비드 R. 해밀턴, 박사
《헤이하우스의 친절》
《가장 행복한 난민》 안 도
《나는 지금 명확하게 볼 수 있습니다》 웨인 다이어
《새장에 갇힌 새가 왜 노래하는지 나는 아네》 마야 안젤루
《어린왕자》 앙투안 드 생텍쥐페리
《내 인생 이야기》 헬렌 켈러

시청 자료

〈바카라〉
〈산호를 찾아서〉
〈셰프의 식탁 *정관 스님 출연 에피소드〉
〈컨숨드〉
〈코스모스〉
〈소에 관한 음모〉
〈페드 업〉
〈착한 식단을 찾아서〉
〈음식이 중요하다〉
〈포크스 오버 나이브즈〉
〈글로벌 웨이스트〉
〈해피〉
〈휴먼 플래닛〉
〈헝그리 포 체인지〉
〈인 디펜스 오브 푸드〉
〈메이드 인 재팬 BBC 스코틀랜드)〉
〈미니멀리스트〉
〈플라스틱 오션〉
〈삼사라〉
〈시드 오브 타임〉
〈위기의 식탁을 구하라〉
〈테라〉
〈더 트루 코스트〉
〈폐기물과의 전쟁〉
〈몸을 죽이는 자본의 밥상〉

청취 자료

〈굿 라이프〉

〈헤이 하우스 월드 서밋〉
〈인더 컴퍼니〉 카일리 루이스
〈루이스 헤이의 강연〉
〈마음챙김 친절〉 레이첼 케이블
〈미니멀리스트 팟캐스트〉
〈오프라의 수퍼소울 컨버세이션〉
〈리치 롤 팟캐스트〉
〈슬로우 홈 팟캐스트〉 브룩 맥캘러리

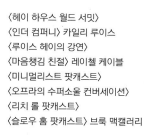

웹사이트

www.biome.com.au
www.thedailyguru.com
www.dawsonchurch.com
www.deliciouslyella.com
www.drhyman.com
www.ecostore.com.au
www.greenkitchenstories.com
www.hayhouse.com
www.inikacosmetics.com.au
www.koala.eco
www.kriscarr.com
www.leunig.com
www.markhyman.com.au
www.meredithgaston.com
www.mindbodygreen.com
www.theminimalists.com
www.mynewroots.com
www.ofkin.com
www.tedtalks.org
www.thisnourishedlife.com
@trashisfortossers via Instagram
www.truecostthemovie.com

마음 챙김 앱

Buddhify
Headspace
Insight Timer
The Mindfulness App
Smiling Mind

친절의 기술

펴낸날 초판1쇄 2021년 12월 10일

지은이 메러디스 개스턴
옮긴이 최정임
펴낸이 김은정
펴낸곳 봄이아트북스

출판등록 제406-251002019000142호
주소 경기도 파주시 재두루미길 70 페레그린빌딩 308호
전화 070-8800-0156
팩스 031-935-0156
홈페이지 www.bomiart.co.kr
ISBN 979-11-6615-706-6 (03840)

• 값은 뒤표지에 있습니다.
• 잘못 만들어진 책은 구입처에서 교환해드립니다.